Brückner/Kühner

Ich will Dich den Sommer lehren

Christine Brückner
Otto Heinrich Kühner

ICH WILL DICH DEN SOMMER LEHREN

Briefe aus vierzig Jahren

Herausgegeben von Friedrich W. Block

Ullstein

Bildnachweis:
Isolde Ohlbaum, München: S. 85 (o.);
Pressedienst Stadt Kassel: S. 85 (u.), S. 86;
Elvira Zickendraht, Kassel: S. 84 (u.);
Uwe Zucchi, Kassel: S. 87 (u.).
Alle übrigen Fotos stammen aus dem Privatbesitz der Autoren.

Ullstein Verlag
Ullstein ist ein Verlag des Verlagshauses Ullstein Heyne List GmbH & Co. KG

ISBN 3-550-08410-2

Gesetzt aus der Sabon bei Dörlemann Satz, Lemförde
Druck und Bindung: Pustet Grafischer Großbetrieb, Regensburg

Vorwort

Der private Schriftwechsel zwischen Christine Brückner und Otto Heinrich Kühner beginnt in aller Öffentlichkeit – mit einem Krach: Die Autorin hatte 1956 im christlichen »Sonntagsblatt« eine Kirchentags-Lesung ihres Kollegen kommentiert und ihm darin abgesprochen, ein ›christlicher Autor‹ zu sein. Die Gegendarstellung Kühners folgte alsbald in einem Brief an die Zeitung zur Rettung seiner, wie es heißt, ›christlichen Ehre‹. Das war schon der eigenen Familie geschuldet; im Nachlaß Kühners findet sich auch die Reaktion des Vaters. Der Theologe stellt darin dem Sohn mit langen, rot unterstrichenen Brückner-Zitaten besorgt die Gretchenfrage: Wie hast du's mit der Religion?

Literaturhistorisch scheint dieser Vorfall eine Marginalie zu sein, eine Kuriosität vielleicht – um vieles kümmert sich die deutschsprachige Literatur der fünfziger Jahre, nach ›Kahlschlag‹ und ›Stunde Null‹ jedoch gewiß selten um die christliche Ehre!

Und doch weist das Ereignis auf die Sonderstellung hin, die Christine Brückner und Otto Heinrich Kühner in der sonst überwiegend tragischen Geschichte schreibender Paare einnehmen. Denn hinter dem Streit steckt eine gemeinsame Grundhaltung, aus der heraus die beiden in der Kunst und im Leben zusammenfinden – und zusammenbleiben. Die Übereinstimmung nimmt seinen Anfang im evangelischen Pfarrhaus, dem beide entstammen, sie aus Waldeck, er vom Kaiserstuhl, im selben Jahr geboren, jeweils als jüngstes Kind an einem 10. des Monats. Die Biographien der beiden Autoren verlaufen in Parallelen – bis zu ihrem kurz aufeinanderfolgenden Ende im Jahr 1996. Näheres zu diesem, wie sie sich selbst gern nannten, »einzigen funktionierenden Autorenverband« erzählt in der Mitte dieses Buches die kleine Lebensgeschichte in Text und Bild.

Der öffentliche Konflikt im »Sonntagsblatt«, der in der darauf einsetzenden Korrespondenz schnell als ›Mißverständnis‹ beigelegt wird, ist zugleich Bekenntnis zur genannten protestantischen Weltsicht, die für beide Autoren zeitlebens bestimmend bleibt. Sie durchzieht auch den gesamten Briefwechsel, ausdrücklich z.B. in Gebetsformeln oder Choralzitaten. Gerade die Intimität der Liebesbriefe, die sich das Paar seit 1966 und auch nach der Heirat schreibt, erlaubt eine offene Religiosität, die sich im literarischen Werk allenfalls unterschwellig ausmachen läßt. Der Ton ist dabei über weite Strecken heiter und humorvoll – darin stimmen der Briefwechsel und die literarischen Texte beider Autoren überein. Ansonsten hat man es jedoch mit grundverschiedenen Schreibweisen zu tun: Die Briefe sind nicht als Literatur gestaltet oder beabsichtigt, auch wenn sie kunstvolle Formulierungen oder – im Falle Kühners – immer wieder Gedichte enthalten. Ein Blick auf die literarischen Briefe Christine Brückners, z.B. in dem Band »Lieber alter Freund« (1992), macht diesen Unterschied deutlich: Als Adressaten sind hier in erster Linie die Leser gemeint; Briefpartner und -stil sind diesem Zweck unterworfen. Die privaten Briefe sind dagegen intimes Gespräch, das sich – besonders deutlich bei Kühner – auch Sentimentalität erlaubt oder – bei Christine Brückner – wie mündliche Rede liest.

Für den Herausgeber und Wächter über den Nachlaß des Schriftstellerpaares stellte sich daher die Frage, ob diese Briefe überhaupt veröffentlicht und einer breiteren Leserschaft zugeführt werden sollten. Solche Zweifel aber schwinden angesichts der langen Geschichte der Briefveröffentlichungen von Schriftstellern oder anderen Personen des öffentlichen Lebens. Sie verfliegen endgültig mit der Erkenntnis, daß die Autoren durchaus mit der Möglichkeit einer späteren Veröffentlichung gerechnet haben. Im Brief vom 6. November 1966 etwa verkneift sich Kühner eine kleine Frivolität, denn: »... das kann ich nicht so einfach

hier hinschreiben, weil unsere Briefe vielleicht einmal veröffentlicht werden (!!)« Zwei Ausrufezeichen! Noch schwerer wiegt die Entdeckung, daß der Briefwechsel nicht nur als intimes Archiv aufbewahrt, sondern zu einem guten Teil bereits in Christine Brückners Briefroman »Das glückliche Buch der a.p.« literarisch verarbeitet wurde. Das Buch entstand – übrigens auf eine Anregung Kühners hin – in den ersten Ehejahren. Es beschreibt eine glückliche Beziehung zwischen zwei Schriftstellern und hat dabei viele authentische Briefe fast wortwörtlich übernommen; man möge es einmal anhand einiger Stichproben für das Jahr 1966 hier und im Roman überprüfen. An eine Fortsetzung wurde gedacht, wie es in einem Brief Christine Brückners einmal heißt: »Du schreibst sehr literarische, sogar poetische Briefe vom Lande! Ich sehe kommen, daß ich in 10 Jahren den zweiten Teil der ›a.p.‹ schreiben muß!« (4. 2. 1972)
Bei allem Unterschied zwischen den literarischen Briefen und ihren privaten Gegenstücken zeigt Christine Brückner gerade in ihrem Briefroman, wie eng sich Lebenswirklichkeit und ästhetische Fiktion durchdringen können. Das versteht sich schon von ihrer Maxime her, die sie im Aufzeichnungsband »Mein schwarzes Sofa« (1981) mitteilt, nämlich »nichts zu schreiben, was ich nicht bereit wäre, auch zu leben«. Das ›Du‹ aus dem Gespräch mit ihrem Mann wird übrigens auch in diese autobiographischen Mitteilungen übernommen. Bei Christine Brückner ist das Briefeschreiben, das sie – anders als ihr Mann – außerordentlich passioniert mit einem täglichen Pensum von oft zehn Briefen und mehr betreibt, eine Bedingung für die Arbeit an den Romanen. Als sogenannte Fingerübungen gelten die Briefe dem Eintauchen in die Welt der Schrift und einer ersten, mehr oder weniger vorläufigen Verarbeitung von Lebenserfahrung. Andererseits hat die »a.p.« wohl auch die Funktion, das Glück der zweiten Ehe festzuschreiben bzw. als Aufgabe und Verantwortung für die Zukunft festzulegen:

»Glück ist Sache des einzelnen. Die Bewältigung des eigenen Schicksals.«
Bei Otto Heinrich Kühner hat der Brief nicht diese unmittelbare Anbindung an die literarische Arbeit. Dennoch gibt es auch bei ihm eine Entsprechung von Kunst und Lebenspraxis: Der Brief ist immer wieder eine Art der Einsicht, des Bekennens und der Vergewisserung gegenüber der Partnerin – und auch gegenüber sich selbst. Dazu gibt es gleichfalls eine Parallele in seinem Werk, ebenfalls einen Eheroman in Briefen, der im Jahr 1966 erscheint und somit unmittelbar vor der Liebesbeziehung zu Christine Brückner entstanden ist: In der »Heiratsannonce« schreibt sich ein in Trennung befindliches Ehepaar monatelang Briefe. Allerdings ohne das Wissen, daß es sich um den Gatten, die Gattin handelt, sondern im Glauben, der andere sei der neue Partner, mit dem man sich – jeweils vermittelt über eine heimliche Heiratsannonce – noch vor der Scheidung absichern möchte. Nur geraten die Eheleute eben zufällig selbst aneinander und finden sich so über viele Verwicklungen neu. Während bei Christine Brückner also das Schreiben des Paares zum Ausdruck einer gemeinsamen Lebensgestaltung hin zum Glück stilisiert wird, ist es bei Kühner ein Mittel, das in der Ironie des Schicksals dem einzelnen Einsicht und Wandlung und daher auch Liebe ermöglicht.
Was sich also über den Briefwechsel von Christine Brückner und Otto Heinrich Kühner insbesondere vermittelt, ist ein Stück Lebenskunst. Seit der Antike versteht man darunter die Möglichkeit, das eigene Leben in der Sorge um sich selbst und den anderen bewußt zu gestalten. Lange Zeit wurde Lebenskunst durch das Christentum überliefert – wohl auch deswegen ist sie den beiden Autoren so nahe. Bereits Friedrich Nietzsche, moderner Verfechter der Lebenskunst (und selbst ein Pfarrerskind), betonte, daß Erleben immer auch ein Erdichten ist. In Christine Brückners Roman »Jauche und Levkojen« heißt es einmal: »Das Leben

hält sich oft eng an die Literatur und vermeidet dabei kein Klischee.« Literarische Kunst ist ›Probehandeln‹, und erfülltes Leben folgt – wie die Kunst – einer bewußten Wahl, Erschließung und kreativen Ausgestaltung von Möglichkeiten.

Zur Lebenskunst gehört aber auch die Kunst der Freundschaft und der Liebe. Davon zeugt der Briefwechsel in besonderem Maße. Zunächst ist es die kollegiale Freundschaft, in der man sich Lob und konstruktive Kritik für das neueste Buch zukommen läßt, um Vermittlung ersucht (vor allem Christine Brückner bei dem Hörspiellektor und -dramaturgen Kühner, meist vergeblich) oder dem anderen als Gleichgesinntem die momentanen Lebensumstände mitteilt. Mit der Liebe steigert sich dieser Dialog zum Wechselspiel zwischen Sorge und Sorglosigkeit. Die Sorge um sich selbst, so sagt die Philosophie der Lebenskunst, braucht geradezu die Sorge um den anderen, auch wenn sie sich immer wieder lustvoll in der Leidenschaft füreinander verliert. Sorge gilt, wie die Briefe zeigen, vermehrt zunächst der Partnerin: Ein Einschnitt ist hier die Erfahrung von Todesnähe, als das Paar im Frühjahr 1972 mit einem von Kühner gelenkten Wagen verunglückt und Christine Brückner dabei schwer verletzt wird (vgl. Kühners Brief zu Ostern 1972, der die Auferstehung ganz persönlich nimmt). Auffällig ist auch die Unterstützung, die er seitdem der literarischen Arbeit seiner Frau zukommen läßt: Er hilft bei der Konzeption der Romane, lektoriert sie immer als erster, sucht nach Titeln, lobt, versucht aufzumuntern, wenn der Erfolg durch negative Kritik geschmälert wird. Dann aber wird Otto Heinrich Kühner Mitte der achtziger Jahre mit seiner schweren Kopfkrankheit zum Sorgenkind. Die Melancholie hält Einzug in die seltener werdenden Mitteilungen, ohne daß das Ur- oder Gottvertrauen ernsthaft in Frage gestellt würde.

So eröffnen sich dem Leser dieser Briefe nicht nur Einblicke in den Alltag der beiden Schriftsteller, Einblicke, die sich weder durch die autobiographischen Aufzeichnungen noch durch andere Briefveröffentlichungen (vgl. den Band der »Briefe von c.b.« in den Gesammelten Werken) vermitteln. Sie veranschaulichen auch, wie das literarische Geschäft selbst eingebettet ist in einen individuellen Lebensprozeß. Und sie zeigen die Kommunikation eines außergewöhnlichen Paares, das – geradezu gegenläufig zum Zeitgeist – die Gemeinschaft in Kunst und Leben erlebt und »erdichtet«.

Der vorliegende Band ist eine Auswahl aus knapp 500 Briefen, Karten und Kassibern, die das Paar Brückner-Kühner sich über vierzig Jahre hinweg geschrieben und aufbewahrt hat. Die subjektive Zusammenstellung folgt weit mehr dem Verfahren, das dem »Glücklichen Buch der a.p.« zugrunde liegt, als dem einer wissenschaftlich kritischen Ausgabe. Maßgeblich war im Sinne der beiden Schriftsteller vor allem die Lesbarkeit. Daher wurde auch die Rechtschreibung behutsam vereinheitlicht, ohne gezielte Eigenheiten der Diktion einzuebnen. Die sparsamen Anmerkungen im Anhang möchten Verständnishilfen, die kommentierten Bilder eine biographische Orientierung geben. Zeitliche Lücken in der Abfolge der Briefe bis 1966 erklären sich daraus, daß wohl nicht konsequent alles behalten wurde, was der andere schrieb. In die Zeit bis zur Heirat und dem Beginn des Zusammenlebens in Kassel fällt naheliegenderweise ein verhältnismäßig großer Teil des Briefwechsels. Gleichwohl ist erstaunlich, wie diese Form des Austauschs auch danach gepflegt wurde, sei es, daß man sich bei räumlicher Trennung, z.B. durch Reisen, schrieb, sei es, daß man dem anderen ein Briefchen unter den Regalen durchschob, die die Arbeitszimmer trennen bzw. verbinden, es ins Bett oder den Koffer legte. In den achtziger Jahren läßt der Schreibfluß dann deutlich nach, was in erster Linie mit der schweren Erkrankung Kühners zusammenhängt.

Die Briefe sind chronologisch geordnet – mit einer Ausnahme: Die Sammlung schließt mit einer kurzen Passage aus einem Brief Kühners aus dem Jahr 1973, die beweist, daß das Paar tatsächlich einen guten Kontakt zum Himmel unterhielt und daß Wünsche auch einmal erhört werden.

Dichterlesung
Sonntagsblatt, 19. 8. 1956

»Ich bin doch gar kein ›christlicher‹ Dichter«, sagt er, später am Abend. Und er hatte recht: Er ist kein christlicher Dichter, auch wenn in der Geschichte, die er am Abend in der Paulskirche liest (als außer ihm vier Autoren lasen, eine nicht sehr geschickte Veranstaltung), ein Mann vorkommt, der immer eine Bibel bei sich trägt. Allerdings: es ist nur die Hülle einer Bibel, statt der beiden Testamente ist eine Pistole darin. Für alle Fälle – wenn es gar nicht mehr geht. Dieser Mann heißt Bob, ein amerikanischer Flieger. Sein Flugzeug ist abgestürzt, ein Splitter nimmt ihm das Augenlicht, er treibt auf dem Meer, angeklammert an eine Tragfläche seines Flugzeugs, als letzter. Der vorletzte hat sich die Schlagader aufgeschnitten, aus Durst. Er konnte den Tod nicht mehr erwarten. Und dieser Bob trinkt das Meerwasser, und es schmeckt süß, und er bleibt am Leben.
»Merkt man denn«, fragt er nachher, »daß es kein ›Wunder‹ ist? Daß es einfach der Amazonas war, der ins Meer mündet und einen breiten Strom Süßwasser hineintreibt. Das ist keine wundersame Errettung, das ist nur: Der eine hat Vertrauen, der andere nicht. Wenn Sie wollen, können Sie es einfach eine pessimistische und eine optimistische Lebenseinstellung nennen.« Und dann sagt er noch: »Ich halte nämlich nichts von Wundern.«
Ich weiß nicht einmal, ob das Wort »Vertrauen« fällt in dieser Geschichte, gewiß nicht das Wort »Gottvertrauen«. Aber worauf vertraut denn dieser blinde Mensch, der hilflos im Meer treibt?
Der, der das geschrieben hat (O. H. Kühner), scheint mir, ist ein Christ und ein Dichter. Vielleicht ist er auch erst auf dem Wege zu beidem, ein christlicher Dichter ist er nicht.
Ähnliches ließe sich von den anderen Autoren sagen. Da ist die stark beeindruckende Geschichte von den »Schorschen«

(Helmut Harun: »Die Holzfäller«), die Geschichte von Stipu, dem alten Säufer (Johannes Weidenheim: »Stipu will leben«), der aus Versehen und eigentlich doch nur um zwei Glas Branntwein den Gekreuzigten trägt in der Auferstehungsprozession. Da ist der junge, pfeifende Tapezierer Sonnenschein (Rudolf O. Wiemer) und der Fischer Salvadore und seine Frau Katerin (Lipinski-Gottersdorf).
Man möchte denken, es gibt keine Parallele. Jede Geschichte ist für sich. Schicksale, viel zuviel Schicksal, um es auch nur anhören zu können an einem einzigen Abend. Aber: Da ist etwas Gemeinsames. Immer ist Alltag. Der Alltag von einfachen, scheinbar primitiven Menschen. Die Arbeit der Hände wird exakt beschrieben, und man muß es schon heraushören, was währenddem in den Köpfen und in den Herzen vor sich geht. Und dann wird man gewahr, wieviel Versöhnliches zwischen diesen Menschen ist, wieviel Behutsamkeit. Als Eindruck bleibt die Untergründigkeit im scheinbar Realen.

Christine Brückner

Brief an das Sonntagsblatt

Ich bin zutiefst darüber bestürzt, wie Christine Brückner in ihrem Bericht über die Dichterlesung in der Paulskirche (»Dichterlesung«/»Sonntagsblatt« vom 19. Aug. 56) meine in einem privaten Gespräch geäußerten Worte zusammenhangslos und deshalb sinnentstellend wiedergegeben hat. Ich kann und will dies nur damit erklären, daß sich die Verfasserin keine Notizen gemacht hat und daß dieses Gespräch gewissermaßen zwischen Tür und Angel in einem Strom von Menschen stattfand.

Der Sinn meiner Worte war folgender: Ich habe gesagt, ich sei – im Gegensatz etwa zu anderen Autoren, die sich ausschließlich dem religiösen Schrifttum widmen – kein ausgesprochen christlicher Autor, d.h. daß ich in der Mehrzahl profane Werke verfaßt habe, die auch in einem rein belletristischen Verlag erschienen sind bzw. im Rahmen rein literarischer Sendungen wiedergegeben wurden. (Selbst bei diesen Arbeiten ließe sich leicht nachprüfen, daß auch sie fast alle ein christlich-religiöses Anliegen haben.) Es handelt sich dabei zum größten Teil um Versuche, Vernunft und Wissen in Einklang mit dem Glauben zu bringen und das reale Geschehen zum Gleichnis werden zu lassen. Wenn man bei der heutigen Denkart der Menschen noch auf breite Schichten wirken will, dann scheint mir dies wichtig und notwendig zu sein; vielleicht rührt diese meine Einstellung hierzu daher, daß ich längere Zeit an dem ›Massenpublikationsmittel‹ Funk tätig war.

Damit hängt es auch zusammen, daß ich im Falle des erblindeten Bob – und damit komme ich auf die von Christine Brückner zitierte Erzählung – allerdings nicht an ein Wunder im eigentlichen Sinne glaube, sondern an eine Fügung. Das ›Wunder‹ in meiner Erzählung (und ich habe dies keineswegs verschleiert) löst sich ja auch in einen durchaus erklärbaren physikalischen Vorgang auf. Das ›Wunder‹ in diesem Falle

liegt darin, daß ein Mensch das objektive Geschehen zu sich selbst, zum Subjekt hin, organisiert und in Beziehung zu sich selbst setzt, nicht in einem naturwidrigen Vorgang, etwa, daß ein Bach plötzlich den Berg hinauffließt. Wunder im eigentlichen Sinne sind nur einmal in der Menschheitsgeschichte und nur von Christus selbst vollbracht worden. Darum ging es mir in meiner Erzählung nicht, sondern um die Glaubenszuversicht; und, psychologisch gesehen, ist (in der Tat!) – hierüber hat die Tiefenpsychologie schon genügend berichtet – der gläubige Mensch fast ausschließlich der optimistische und der ungläubige oder skeptische Mensch der pessimistische.
Wenn ich mich selbst für das hielte, für das mich Christine Brückner hält und was sie mir in ihrem Bericht unterstellt, würde ich es dabei bewenden lassen (denn ich habe ja keinen äußeren Schaden davon, und meine literarische Ehre wird ja davon nicht berührt); was aber treibt mich so sehr, mich zu rechtfertigen und hier vor der Öffentlichkeit geradezu ein Bekenntnis abzulegen? Nun, dann eben: meine christliche Ehre.

Otto Heinrich Kühner

Düsseldorf, 17. September 1956
Starenweg 34

Also! Fällt man denn einer Kollegin so heimtückisch in den Rücken – lieber Herr Kühner? Einer Kollegin, die eine so miserable Reporterin ist, daß ihr zu so von der Anlage her mißratenen Unternehmungen wie der in der Paulskirche schier gar nichts, und vor allem nicht bis morgens um acht! Ordentliches einfällt. Dabei war mir doch, als wären wir uns völlig einig: über das Wunderbare sowohl wie über den christlichen Dichter. Nehmen wir an, es lag an der Formulierung, die allerdings war flüchtig. Dafür entschuldige ich mich.

Sie also gehen hin und fallen mich hinterrücks und öffentlich an – und ich hatte, nach der Rückkehr aus Frankfurt, vor, Ihnen endlich einmal zu sagen – sehen Sie, dazu hätte ich jetzt Ihre Hörspiele noch einmal lesen müssen und kann's gerade aus akutem Zeitmangel nicht. Ich hätte so gern mit Ihnen einmal drüber geredet. Ihre Geschichten haben das, was ich die doppelte Pointe nenne, vor allem fiel mir das auf bei der »Übungspatrone« (die mein Mann so gern mit seinen Gymnasiasten liest, von der Mittel- bis zur Oberstufe), aber auch beim »Tramp«. Warum mußte eigentlich Maria tot sein? Warum diese doppelte Sinnlosigkeit? –

Ach, ich sehe schon, so sieht es nach Kritik aus. Die soll es nicht sein. Mir schien nur, diese ›doppelte Pointe‹ nimmt die Ergriffenheit weg, läßt ein merkwürdig unbestimmtes Gefühl zurück, jene fatale Sinn- und Ratlosigkeit, dieses Gefühl »Was können wir schon tun –?«. Wissen Sie in etwa, wie ich's meine?

Sie hatten in Frankfurt eine weit bessere Witterung als ich! Ich hätte schleunigst gehen sollen wie Sie, dies Miteinander von christlichen Dichtern, die nach einer Stunde an der Bar die Internationale sangen, ach, das war wirklich sehr degoutierend, um nichts Böseres zu sagen. Ich konnte wieder ein-

mal der Versuchung nicht widerstehen, ›mit Kollegen zu reden‹, was ich oft ein Jahr lang nicht tue, weil ich ja wirklich privat und fast ohne Öffentlichkeit lebe. Nur hätte ich wissen sollen, daß man besten Falles einmal zu zweien oder dreien reden kann, nie aber so gewaltsam in einem größeren Kreise. Sie sollten es wahr machen und einmal hereinschauen bei uns! Hätte ich ein bißchen mehr Unerschrockenheit, hätte ich Sie irgendwann um Ihren dramaturgischen Rat gebeten, aber jetzt eben liegen meine Hörspielversuche in der Schublade und gar nicht mehr an meinem Herzen. Da liegt das Buch, das nun endlich fertig werden muß und auf die Zugeständnisse wartet, die der Verleger wünscht. Oh über die Kompromisse! –
Ich bin sehr gespannt, was in Ihrem neuen Buch steht, von dem Sie sagen, es hat 500 Seiten. Das ist wahnsinnig, das ist ungeheuer viel! Ich habe nach 300 schon das Gefühl, nun, nicht eben nackt, aber doch ganz ruppig und verausgabt zu sein. Wie eine Winterkrähe. Ich hoffe, meine »Katharina (und der Zaungast«) ist in der Herbstproduktion. Wenn es so ist, werde ich bei Ihnen anfragen, ob wir noch einmal unsere Kinder tauschen können. Diesmal – meine ich! – ist mir etwas Besseres geraten als beim ersten Mal, dafür wird's dann aber auch kein Erfolg.
So – diesen Brief verdanken Sie unserer Uneinigkeit über das ›Wunderbare‹, die letztlich ja wohl keine ist.
Sehr herzliche Grüße!

Ihre Christine Brückner

Herrn
Heinrich Otto Kühner
Süddeutscher Rundfunk, Dramaturgie
Stuttgart, Neckarstr. 145

21. IX. 56

Otto-Heinrich Kühner
Stuttgart N
Lenbachstr. 20

Liebe Frau Brückner!

Das tut mir ja nun wirklich leid, daß ein solches Mißverständnis aufkommen konnte! Ich nahm zunächst dasselbe an (und konnte es mir gar nicht recht erklären, wieso dies möglich war): *Sie* seien mir in den Rücken gefallen und hätten Dinge, die ich Ihnen flüchtig zwischen Tür und Angel, gewissermaßen in einem ganz privaten Gespräch, sagte, publik gemacht. Sie können sich nicht vorstellen, wie Ihr Satz »Er glaubt nicht an Wunder« bei meinen kirchlichen Verwandten und Bekannten gewirkt hat, etwa bei meinem Vater, der ja Theologe ist, und bei einem evangelischen Verleger, der jetzt ein Erzählbändchen von mir herausbringt. Mit diesem Satz stempeln Sie mich eigentlich zu einem Heiden oder bestenfalls zu einem radikal-liberalen Christen à la Bultmann oder Strauß; denn mit dem Glauben an Jesu Wunder und Auferstehung steht und fällt ja im Grunde der ganze christliche Glaube. Mit Recht könnten dann auch einige Leute sagen (wie es geschehen ist): »Warum liest dann ein solcher Autor überhaupt ausgerechnet auf dem Kirchentag!« Ich von mir aus hätte keine Entgegnung an das »Sonntagsblatt« geschickt, wofür ich Beweise habe, aber jene ›Hintermänner‹ bestanden darauf.
Nun, Schwamm darüber! Es lag, wie Sie selbst schreiben, an einem Mißverständnis, und es tut mir leid, daß dadurch auf beiden Seiten ein falscher Eindruck entstanden ist. Auch ich bitte Sie vielmals um Entschuldigung! Und auch ich hatte vor, Ihnen nach dem Kirchentag zu schreiben, ich hatte mir schon auf der Dramaturgie von der Sekretärin Ihre Adresse geben lassen. Ich wollte mich u. a. entschuldigen, daß ich an jenem Abend mich so bald von Ihnen verabschiedete (wir

hätten sicher einander manches Vernünftige erzählen können); aber ich war, wie Sie verstehen können, an jenem Tage todmüde, nachdem ich am Nachmittag schon eine Diskussion über »Kirche, Funk und Film« aktiv mitmachen mußte, weil ich den Eindruck hatte, man erwarte einige ›maßgebliche Erklärungen‹ von mir (ich war der einzige vom Funk!). Dann wollte ich rein persönlich mit Ihnen auf diese Weise Verbindung halten, was ich hiermit nun tue und Sie bitte, mir doch gelegentlich wieder zu schreiben. Selbstverständlich will ich Ihnen, soweit ich dies kann, in Hörspielfragen behilflich sein, auch jenes kollegiale gegenseitige Beraten, von dem Sie schreiben, scheint mir ein sehr schöner Vorschlag zu sein!
Was mein neues Buch anbelangt, so erwähnte ich die 500 Seiten nur im Hinblick auf die damit verbundene physische Energieleistung. Über das Qualitative ist damit ja nichts ausgedrückt. Daß mir das Ganze unter der Feder, eigentlich gegen meinen Willen, immer mehr anschwoll, mag auch daran liegen, daß es sich im Grunde um die Schicksale von fünf Menschen handelt, die miteinander nur lose verknüpft sind. Es ließen sich also, praktisch gesehen, fünf einzelne kleine Romane daraus machen. Es handelt sich zum größten Teil um eine Art ›Gedankenkorrespondenz‹; d.h. aus der Erkenntnis heraus, daß die Menschen viel mehr denken, als sie sprechen (und beides zudem noch meist in einem Widerspruch oder Gegensatz zueinander steht), habe ich den Versuch unternommen, mit wenig Dialog, der ja im Grunde unepisch ist, auszukommen. ›Gedachtes‹ allerdings, um dies dazuzusagen, ist genausowenig episch im Sinne der Unmittelbarkeit und ›Distanz‹, die das Epische fordert.
Heute abend sehe ich mir Dürrenmatts »Besuch einer alten Dame« an; ich bin gespannt! Ich schreibe seit zwei Jahren auch Theaterkritiken. Wie asozial, sein Leben von der Kunst zu fristen! Empfinden Sie das nicht auch bisweilen?
Mit sehr freundlichen Grüßen!

Ihr O. H. Kühner

Düsseldorf, 3. Dezember 56
Starenweg 34, Tel. 409330

Lieber Herr Kühner,

Ihr Brief wurde immer wieder beiseite gelegt zugunsten all der unangenehmeren, die geschrieben werden mußten, und am Ende kommt man vor lauter Schreiben nicht zum Schreiben. Alles liegt daran, daß mein Tag nicht um Mitternacht beginnt wie der unseres Kollegen Heiseler! Oder schlichter: Mir fehlt alle Disziplin, alle geistige Hygiene oder einfach eine ordentliche Arbeitsmethode. Das bloße ›Leben‹ fordert zuviel Kraft und oft nicht nur Kraft –
Ich hätte Ihnen gleich schreiben sollen, was nutzt es, wenn ich Ihnen heute sage, daß das Sonntagsblatt meine Überschrift (Christ u n d Dichter) abwandelte, wenn es den Absatz strich, auf den es mir ankam (und das merkte ich achtlose Person erst *nach* Ihrem Brief! –)
Sie sind auch geistlicher – ach was! So nennt man das nicht – Herkunft? Auch aus einem Pfarrhaus? Wie schön! Ich kann mir keine glücklichere Kindheit denken – irgendwann will ich versuchen, das zu schreiben, was Jochen Klepper schon verlockt hat, das deutsche Pfarrhaus. Nur wird es bei mir ein ganz heutiges sein, vielleicht in der Form des Tagebuches einer Pfarrfrau – –
Pläne! Was wären wir ohne sie! Mittlerweile ist ein altes Manuskript aus dem Haus, unter Pseudonym, aber ein bißchen Arbeit kostete es dennoch, und ein neues, an dem mein Herz sehr hängt – aber ach! Noch hängt das Herz meines Verlegers durchaus nicht dran. Ich bange noch sehr um das Schicksal dieses Buches. Was für ein Verhängnis – derweil klettern die Auflageziffern der »Spuren« in die zweite Hälfte einer Million! Und nichts kann man rückgängig machen, und nicht mal zeigen kann man, daß man es besser kann – –
– Sind Sie denn ein verkappter Historiker?? Oder gibt es diesen O. H. Kühner zweimal? Ist das Ihr Wahn und Ihr Untergang, die jetzt in den Schaufenstern liegen? –

Wer hat nur gesagt: 10% Eingebung und 90% Fleiß? Ich denke immer noch, ich könnte es umwandeln: 90% Eingebung – und so sitze ich am Ende des Jahres mit ziemlich leeren Händen, und wieder einmal bin ich auf der Suche nach der verlorenen Zeit. – Wenn Sie mir wirklich helfen würden bei meinen Hörspiel-Versuchen? Aber Sie müßten mich schon noch einmal ermutigen, ich habe viel weniger Courage, als man mir zutraut. Das erste hat *eine* ordentliche Szene und einen sentimentalen Schluß, das zweite hat einen skurrilen Einfall, schwankt zwischen Tragik und Komik (das Weinen und Lachen kommt sich immer näher, je älter man wird) – beide sind ganz nahe an die Inszenierung gekommen – aber eben nur: ganz nahe. Was sonst noch da ist – das sind Ideen, Skizzen, nichts weiter.
Ich trage mich mit dem Gedanken, wieder einen ›ordentlichen‹ Beruf zu suchen. Ein freier Schriftsteller, das ist mir etwas Widerliches – wie ich das aber tun soll, ohne meine Unabhängigkeit (die sehr abhängig ist!) aufzugeben, weiß ich noch nicht. Wer will schon eine so aufsässige Person!
Hätte ich mehr zu bieten als so ein kleines dummes Buch (»Kleine Spiele für große Leute«, mit Bildchen von Bele Bachem) aus der letzten Jahresproduktion, dann täte ich Sie wohl um das neue Buch von Ihnen im Austausch bitten. Aber dies ist wohl zuwenig ernsthaft für Sie. *Ich* bin nämlich nicht ernsthaft! Ich weine manchmal und lache oft (oder umgekehrt. Wahrscheinlich umgekehrt).
An den Pappeln, die meinen Garten beschützen, hängt noch ein einziges Blatt. Ich hänge die verwegensten Wünsche an seine unsichere Existenz. Und Sie sagen, es sei kein Wunder, wenn im Frühling – Sie sind eben ein ernsthafter Mann –
Wenn Sie dennoch manchmal mit mir reden wollen – bitte tun Sie es! Ich freue mich darüber!
Eine schöne rechte Weihnachtszeit wünsch ich Ihnen!

Ihre Christine Brückner

9. XII. 56

Liebe Frau Brückner!

Es ist schön, Freunde zu haben, vor allem solche, die mit einem im gleichen Boot sitzen und versuchen, an ihrer Stelle irgendein Loch zu flicken. Ich danke Ihnen für diese (unausgesprochene) Bereitschaft, mir ein neuer Freund zu sein, womit ich ja auch (unausgesprochen) zum Ausdruck bringe, daß ich Ihnen das gleiche Angebot mache.
Ja, ich stamme auch aus einem Pfarrhaus. Nimburg am Kaiserstuhl hieß das Dörfchen, wo mich mein Vater eigenhändig aus der Taufe hob. Das deutsche evangelische Pfarrhaus hat ja geradezu eine eigene Kulturgeschichte, und seine Rolle in der Zeit von Luther bis zur Klassik war ja ungewöhnlich. Heute spielt es diese Rolle nicht mehr. Die Revolution des (›heidnischen‹) Luther hat sich nicht wiederholt; wie hat man ihn, bald schon nach seiner Zeit, verwässert! Heute ist das Pfarrhaus unlösbar in die bürgerliche Welt eingepflanzt. Ich kann mir nicht helfen: aber seine Stellung hat bisweilen etwas Tragikomisches.
»Wahn und Untergang« stammt tatsächlich von mir. Sich einmal exakt mit Geschichte zu befassen hat etwas ungemein Erzieherisches, gerade für romantische Poeten wie mich. Ich glaube aber nicht, daß Sie sich als Frau für eine solche Geschichte des Zweiten Weltkrieges interessieren. Ich habe Ihnen deshalb mein Erzählbändchen geschickt; inzwischen haben Sie es wohl erhalten. Dieses Buch war es doch wohl, das Sie meinten? (›Austausch‹ mit den »Kleinen Spielen für große Leute«.) Mein Roman erscheint erst im Sommer des nächsten Jahres. Diesen werden Sie dann selbstverständlich auch sofort erhalten.
Sie fragen mich nach einem Zitat. Ich kenne es in folgender Version (Menzel soll es gesagt haben): »Kunst ist 99 % Transpiration und 1 % Inspiration.« Ich möchte ihm fast zustimmen. Welch physische Kraft und Nervenkraft fordert ein gro-

ßer Roman! Welche Ausdauer! Und daß man sich selbst Impuls und ›Antreiber‹ sein muß!
Übrigens: Wenn Sie oder Sie und Ihr Gatte einmal nach dem Süden kommen, so lade ich Sie herzlich ein, mein Gast zu sein. Ich besitze neuerdings ein (heizbares, fest gebautes) Wochenendhaus mit zwei Zimmern, Balkon und Küche, am Hang und mitten in Gärten gelegen, am Rande Stuttgarts – und es steht die meiste Zeit leer. Es wird doch geradezu erst sinnvoll durch Gäste.
Mit herzlichen vorweihnachtlichen Gedanken!

Ihr O. H. Kühner

28. II. 57

Liebe Frau Brückner!

Haben Sie Dank für die Übersendung des Bertelsmann-Buches! Besitzen Sie übrigens mein Buch »Nikolskoje«? Wenn nicht, schicke ich es Ihnen, diesmal aber ohne Gegengabe! – Daß man Sie für den Immermannpreis in dessen beiden Formen noch nicht in Betracht gezogen hat, hängt sicher damit zusammen, daß man Sie für den Förderungspreis als zu qualifiziert, für den Hauptpreis für noch nicht ganz qualifiziert erachtet. Aber warten Sie noch zwei, drei Jahre! Außerdem: nachdem nun ein Einheimischer, nämlich Herr Risse, den Hauptpreis erhalten hatte, mußte man nach außerhalb greifen, um den überlokalen Charakter des Preises zu dokumentieren. Sie wissen ja, welche Gesichtspunkte hierbei oft eine Rolle spielen! (Etwas geradezu Tragikomisches in dieser Hinsicht erlebte ich, tatsächlich, einmal in Rußland in einer der letzten Wochen des Krieges. Die Kompanie bekam 30 E.K.'s zur Verteilung; die Kompanie besaß aber zu diesem Zeitpunkt nach drei Tagen schwerster Kämpfe nur noch 22 Mann! Ach ja, die Auszeichnungen!) Das Geld freilich kann ich schon ganz gut gebrauchen. Wissen Sie eigentlich – ich denke doch! –, daß ich Weib und Kind, also, wie man sagt: eine Familie besitze? Es ist freilich eine etwas absonderliche Ehe, denn wir leben – allerdings in voller Übereinstimmung – nicht beieinander. ›Sie‹ ist ebenfalls schriftstellerisch tätig (Kinderfunk, Schulfunk, Übersetzungen, Lektorin; sie war meine Vorgängerin im Funk als Dramaturgin).

Meinen Roman »Die Unbescholtenen« habe ich nun nicht mehr termingerecht geschafft. Ich hätte ihn Ende Februar abgeben müssen, damit er im Herbst erscheinen kann. Aber meine Nerven haben eine solche Strapazierung nicht durchgehalten.

Zur Verleihung der ›oben erwähnten‹ Preise müssen die beiden Autoren demnächst nach Düsseldorf kommen. Dabei ergibt sich doch dann sicher eine Gelegenheit, uns zu treffen. Darauf freut sich von Herzen

Ihr Kühner

14. XI. 57

Liebe Frau Brückner!

Immer noch liegen ein Brief und eine Karte von Ihnen unbeantwortet vor mir. Der Grund ist ein einfacher: Ich konnte Ihnen doch erst schreiben, wenn ich Ihr Buch »Katharina und der Zaungast« gelesen hatte, nachdem Sie es mir liebenswürdigerweise zugeschickt hatten. Aber ich muß gestehen: Zum richtigen Lesen, Seite für Seite und Satz für Satz, kam ich immer noch nicht und werde ich auch vor etwa Februar nicht kommen, denn bis dahin muß ich mein Manuskript fertig haben, damit mir nicht dasselbe passiert wie im letzten Jahr, nämlich: daß ich nicht rechtzeitig zu dem Ablieferungstermin fertig werde. Aber soviel steht für mich jetzt schon fest (das ist meine ehrliche Auffassung, ich würde Ihnen auch das Gegenteil sagen!): Es ist ein gutes, gelungenes Buch, ein Buch, in welchem das äußere Geschehen nur Anlaß für das innere ist. Ich habe einige Seiten ganz u. mit größtem Genuß gelesen, eine makellose Sprache! Ich finde, das Buch ist eine bestandene Meisterprüfung. Warum hört und liest man z. Zt. sowenig davon? Hört man nur die lauten, reißerischen Töne und nicht die leisen, aber großartigen? Oder liegt es daran, daß in der Buchfabrik »Bertelsmann« die einzelne Ware in der jeweiligen Kollektion untergeht? Ich werde das Buch, sobald ich Zeit habe, ganz lesen, es lohnt sich, und es wird keine verlorene Zeit sein. Ob man ein Hörspiel daraus machen kann? Um dies zu beantworten, müßte ich es genauer lesen. Und das werde ich ja, wie gesagt, noch tun. Halten Sie selber es für hörspielgeeignet?
Wann meine Lesung in Düsseldorf sein wird, weiß ich noch nicht. Es war nur vom »Winter« die Rede. Selbstverständlich werde ich Ihnen vorher Nachricht geben.
Sie schreiben von »Ärger«, den Sie haben? Weswegen? Ihretwegen? Des Verlegers wegen?
Den Roman »Die Unbescholtenen«, den ich letztes Jahr zu

2/3 fertig »unvollendet« liegenließ, werde ich noch einmal ein Jahr liegenlassen, ich habe inzwischen einen neuen begonnen und fast fertig geschrieben: »Der Schein trügt nicht«! (d.h., die Menschen sind wirklich so, wie sie zu sein scheinen), ein satirisch-heiterer Gegenwartsroman. Ob er was taugt, weiß ich nicht. Außerdem spüre ich wieder, wie immer gegen Ende, das Terminfieber nahen. Hoffentlich halten diesmal meine Nerven durch!
Ein baldiges Auf Wiedersehen in Düsseldorf. Ich freue mich darauf! Sie sollten hier leben! Ich könnte die Berührung mit Ihrer leichteren Lebensart gut brauchen.
Herzlich

Ihr O H Kühner

12. 12. 57

Lieber Herr Kühner,

Ihr Brief hat mir so wohlgetan! Ich hätte längst schreiben sollen und nicht erst warten, bis ich diese Bitte habe – aber da verschanze ich mich immer hinter der Ausflucht: Sie kommen ja bald, wenn Sie im Winterprogramm der V.H. stehen – da drücke ich mich vor einem Brief, weil nun das Manuskript mit der Lyrik beim Verlag ist und das Blatt von O. H. Kühner ist nicht drin – und weil ich nun etwas dazu sagen müßte und doch nichts weiß, eben nur das: Wenn ich jemanden kenne und gern hab, bin ich so empfindlich, dann bange ich für ihn, und dann muß das, was er sagt und was er schreibt und tut, immer zwei- und dreimal besser sein als das von Unbekannten. So ist das, und die Gedichte liegen und bleiben jetzt einfach in meiner eigenen kleinen Lyriksammlung, und wir reden nicht drüber, und Sie sind mir nicht gram, und wenn das Bändchen fertig ist, im kommenden Sommer, dann kriegen Sie's und dürfen mich kritisieren, noch und noch! –
Sie haben recht: Man hört und sieht nicht viel von meiner Katharina, das hat vielerlei Gründe, einmal wohl das Überangebot an Romanen, da muß einen der Zufall oder die Mode oder ein Skandal nach oben schwemmen, dann natürlich die allgemeine Aversion der Zeitungen und Buchhandlungen gegen Bertelsmann, na ja, und dann diese Geschichte mit meinem Cheflektor – da wird nun also keine Reklame gemacht, kein noch so kleines Prospektchen, nichts, gar nichts, und weil man mich zu Haus ziemlich wohlerzogen hat, gehe ich nicht hin und rede deutliche Worte mit dem guten Mann – genug davon. Ein paar Leute mögen dieses Buch, und das ist das wichtigste – daß Sie drunter sind, tut mir gut. Ich bin nämlich gar nicht so ein Fisch, der in sämtlichen Gewässern obenauf schwimmt – leider nicht! Wäre ich wenigstens eine Libelle, zu der wohl Bäche in blühenden Sommerwiesen gehören – nichts da. Oft liege ich ausgedörrt an Land – –

Genug von den Fischen! Irgendwann reden wir ja miteinander, darauf freue ich mich. Mitten in meinen häuslichen Weihnachtsvorbereitungen, die einen großen Platz bei mir einnehmen, ich feiere nämlich gerne Feste, ist mir etwas über den Weg gelaufen – ganz gegen meinen Willen, denn ich hatte wieder mal vor, etwas Heiteres zu schreiben, alle paar Jahre habe ich das – und da fielen Sie mir ein, und ich dachte, Sie würden mir wohl weiterhelfen können, weil Sie ja damals diese Geschichte um das Protokoll des Pilatus geschrieben haben – –
Ich weiß nicht, ist der Kindermord von Bethlehem einmal literarisch (ach wie dumm klingt das!) verwendet worden – das möchte ich gern, ich hab auch schon eine Idee dafür – wo haben Sie damals Literatur gefunden? Ich bin's nämlich gar nicht mehr gewohnt, nach Quellen zu suchen, ich hab in den letzten Jahren mich immer auf die jüngste Gegenwart beschränkt, in der ich jetzt auch leidlich Bescheid weiß. – Es tät mir gut, für eine solche Sache wirklich arbeiten zu müssen, ich brauche (wir haben schon mal drüber gesprochen) solideren Boden unter die Füße, mit der ›Literatur‹, das geht nicht auf die Dauer, und Haus und Hof sind zwar ein Gegenpol, aber nun wirklich zu ungeistig. Helfen Sie mir? Karte genügt!
– Demnächst will ich versuchen, meinen Verleger zu einer Dickens-Ausgabe zu überreden – möchte ich so gern herausgeben, hoffentlich gerät es mir, ich muß jetzt immer den Umweg über Sigbert Mohn, den Senior der Bertelsmänner, nehmen – aber darüber schrieb ich schon.
Lassen Sie sich nicht stören durch diesen Brief, nur ermutigen, daß hier einer wartet auf ein neues Buch von Ihnen und sich drauf freut! Wie gut, daß die Leser nicht wissen, wie schwer das ist, über der Fertigstellung eines Buches kein Asthma und keine Neurose und dergl. zu bekommen!! Aber es ist ja doch das schönste Metier, das ich kenne – wer hat das schon: diese Möglichkeit, neben dem oft ziemlich mühsamen eigenen noch ein paar weitere Leben haben zu können und es in denen besser zu machen, klüger zu sein, törichter auch – –

Reden wir weiter, wenn Sie in Düsseldorf sind! Im »Heurigen« unter der Gaslaterne oder hier bei mir, wo's viel zu gemütlich zum Arbeiten ist! – Ach und wenn Sie Luft holen müssen und mal gar nicht mehr O.H.K. schreiben wollen, dann schreiben Sie doch ein paar freundliche Worte über die Katharina, für den Süddeutschen oder so. Hörspiel eignet sich wohl kaum, ich hätte ganz gern mal ein Stück daraus gelesen (im Oktober habe ich mal eine Kurzgeschichte im WDR gelesen) – aber dazu bietet man sich wohl nicht an, dazu muß man aufgefordert werden.
Weihnachten findet im Kreis der Familie statt bei Ihnen? Können Sie Ihre Familienvaterrolle? – Wir Pfarrerskinder müßten ja ein angeborenes Talent zu Weihnachtsfesten haben! Wenn ich keinen Gruß zum Fest schicke – ach, das merken Sie gar nicht, warum sage ich jetzt etwas dazu! Herzliche Grüße und Geduld und eine ruhige Hand zum Schreiben und einen wachen Kopf und ein fröhliches Herz und und – so viele Wünsche für O.H.K.

Ihre Christine Brückner

Ich Ungetreuer! Sie Getreue!

Haben Sie Verständnis! Letzte Woche nun mein neues Romanmanuskript an den Verlag geschickt. Jetzt wieder etwas Luft zum Atmen, aber ein Berg unerledigter Post und zwei (2) unbeantwortete Briefe von Ihnen! Was mögen Sie denken! Und Sie verlassen Düsseldorf! Ändern Sie damit auch Ihre Reisepläne? Kneippkur? Wenn man diesen Plan realisieren wollte, müßte man ihn wohl bald in Angriff nehmen. Zimmerbestellungen und dergleichen. Durch Lappland will ich im Juni wandern, August bin ich auf der Alb (»Pflicht«-Aufenthalt), September in Königsfeld mit meinen Eltern, 1. Hälfte Oktober Wanderung durch Alb oder Bayrischen Wald. Es blieben also nur Mai u. Juli …
Ich bin jetzt (es ist 22.30 Uhr) todmüde. Ich bringe das Brieflein mit anderen zusammen zum Nachtbriefkasten – dann haben Sie's morgen –, mache dann meinen »täglichen« Nachtspaziergang (zum besseren Einschlafen) durch die stillen Villenstraßen, eine der schönsten Stunden des Tages, ich nenne sie die Spaziergänge mit mir.
Ganz herzlich!

Ihr O. H. Kühner

Ihr Ungetreuen! Die Getreue!

Haben Sie [illegible]! [illegible] noch nie mein neues [illegible] an den [illegible] [illegible]. Jetzt [illegible] etwas Luft zum Atmen, aber ein Berg ununterbrochener Post und zwei (2) unbeantwortete Briefe von Ihnen! Was mögen Sie denken! Und die [illegible] Düsseldorf! Ändern Sie damit auch Ihr Reiseplan? [illegible]? Wenn man diesen Plan verwirklichen wollte, müßte man ihn doch bald in Angriff nehmen. Zimmerbestellungen und dergleichen. [illegible] weiß ich im [illegible], außer daß ich mich an alle ("Pflicht"-Aufenthalte) September in [illegible] mit meinem [illegible], 1. [illegible] [illegible] [illegible] als [illegible] [illegible]. Es bleibt also nur [illegible] z. Zeit ...

Ich bin jetzt (ca. 22 30 Uhr) todmüde. Ich bringe das Briefchen mit anderen zusammen zum [illegible] – dann haben Sie's morgen, [illegible] meinen "täglichen" Nachtspaziergang (zum [illegible] begleiten) durch die stillen Villenstraßen, [illegible] [illegible] Bäumen [illegible] [illegible], ich nenne sie die Spaziergänge mit mir ...

Ganz herzlich!

Ihr C. J. [illegible]

III. 60

Lieber Freund Kühner, lassen Sie mich den Schreibtischvormittag mit den Fingerübungen eines Briefes beginnen (unter Kollegen: können Sie das denn, sich hinsetzen und munter (oder auch un-munter) drauflos?? Nur der Konsum von Tee und Zigarette und Morgenzeitung tut's bei mir nicht) –
Sie sehen hier und anbei die Botschaften der Liebe, auf Dauer angelegt, die Liebe in der Kassette – man kann das Buch herausziehen, bestimmt, notfalls mit Gewalt, ich empfinde das als marktschädigend – aber: im Laden kostet es beinah 10,–, also wird es recht so sein, man muß auch für Gedichte, auch für Liebe heute was anlegen. – Ein Wort gelegentlich, ob Sie meine Auswahl mögen, ja? Fast hätte ich Ihnen vorn ins Buch geschrieben: »Ach, unsre Seelen sitzen wie auf Stühlen / und sehn der Liebe zu« – – – neulich hat jemand gesagt, ich sei aggressiv, provoziere, jetzt gehe ich in mich, Sie merken's noch, aber eines Tages werde ich eine stille und zurückhaltende alte Dame sein – –
Der Oktober novembert sich zu Ende – sind Sie etwa gewandert? Im Schwarzwald? Danke für den Hinweis aufs Haus Ihres Bruders! Nein, mein Mann ist in diesem, mir schrecklich erscheinenden Schömberg, in ein paar Tagen hat er's hinter sich, kommt dann zu einem kurzen Besuch her und stellt sich dann wieder dem Leben, leidlich repariert, soweit man's eben reparieren kann.
Meine Bemühungen auf dem europäischen Immobilienmarkt – – drei Tage währte mein letzter Aufenthalt auf Ischia, drei sehr aufregende Tage, im Morgengrauen des vierten verließ ich, heimlich, mit einem Schnellboot die Insel – – ich hatte mich in Gefahr begeben und gedachte nicht, drin umzukommen, so würde das wohl das deutsche Sprichwort auslegen. Ich geriet, immer mal wieder, in die Fallstricke der Liebe, oder südlicher Leidenschaft, gibt es da eigentlich kein angenehmeres Wort – – und jetzt traure ich um mein Haus ›Da capo‹, das nie gebaut werden wird. Da capo also nicht und auch nicht al fine – im allgemeinen habe ich einen plau-

sibleren Grund, den offiziellen: die Grundstückspreise sind für einen teutschen Dichter zu hoch, Berliner Sekt- und Pelzhändler zahlen das leichter – viel Deutsche auch dort im Oktober. – Jetzt ist es so, daß ich in Zeiten der Depression (ich kann und bin und habe nichts) überlege, ob es nicht doch richtig wäre, neu anzufangen, einfach ein ganz neues Leben, ohne Bücher und ohne Worte – vom Gift des süßen Müßiggangs hatte ich im Sommer schon zuviel geschluckt –
Dieses Drama ist fertig, oder nein, ich schreib's noch ab, ich hab leider nicht wie Sie dienstbare Frauen, die das dann tun – und wenn es in wenigen Tagen aus dem Haus geht, dann – – allerlei Pläne, vielleicht doch endlich das angefangene Buch. Ich sah's wieder auf der Messe in Frankfurt, am Ende zählt ja doch nur der Roman –
Mit Kassel freunde ich mich nur mühsam an, versuchte es mit Gewalt: stellte gerade für die Deutsche Zeitung (kennen Sie? Dort macht Hans Bender das Feuilleton) eine Reportage her über ›die Musen in Kassel‹, ich kenne sie jetzt also, die Musen, höchst ehrgeizige Kulturmänner, hört man sie, sollte man wirklich denken, das alles sei sehr wichtig: Theater, Konzerte, Bücher, Bilder –
Ja und Sie? Aber Sie sind ja kein Briefeschreiber – Telefonieren tun Sie auch nicht? Reisen auch nicht? Aber einen hübschen Nachruf schreiben Sie mir doch??
Also – – gönnen Sie der Liebe und der Poesie jetzt eine halbe Stunde, und dann mir fünf Minuten Lob – dessen ich so bedürftig bin.

Grüße von Ihrer Christine Brückner

Kassel, Heckerstr. 22
(Tel. 71304)
26. X. 60

Febr. 1961

Liebe c.b.

Ein (netter!) Beitrag aus Ihrer Feder in der Stuttgarter Zeitung »Wie imponiere ich den Männern« erinnert mich daran, Ihnen – trotz vorgerückter Stunde – zu schreiben. (Schreiben Sie doch einmal einen Roman in obigem Stil. Sie haben soviel Witz!) Der Mann mit dem Rucksack kann ich deshalb nicht sein, weil Sie mir bestimmt nicht imponieren wollten(?). ›Dennoch‹ war unser abendliches Beisammensein, vor allem der nächtliche Spaziergang, sehr schön – wenn ich meine Erinnerung befrage. Sie hatten mich nach Bildern meines Söhnchens gefragt. Ich lege einige bei mit der Bitte, sie mir gelegentlich zurückzuschicken. Hätte ich – wie schon gesagt – ein Haus mit 35 Zimmern, für mich eine Turmstube und die entsprechende Anzahl Frauen – ich hätte gerne eine entsprechende An- bzw. Unzahl Kinder. So aber rangiere ich unter den auto- und kühlschrankbesitzenden Einkinder-Ehepaaren. (»Lieber ein Auto statt ein Kind, und die Raten sind noch nicht einmal bezahlt!«)
Jetzt zu *Ihrem* Kind! Ihrem Hörspiel. Ich habe es auch gelesen. (Inzwischen ist die Erinnerung aber etwas verblaßt.) Die Idee und die Sprache sehr gut. Nur eines ist mir nicht ganz klar geworden: der logische Zusammenhang zwischen den zwei Themen: die Mühen der Frau und dann die Stimmen und Gedanken der anderen. Schon äußerlich fällt das ein wenig auseinander. Warum ist das nicht architektonisch verflochten? Und ist das nur ein rein ›zufälliges‹ Nebeneinander? Oder was ist die künstlerische Absicht? Zu zeigen: realiter ist die Frau allein, aber in den Gedanken der anderen lebt sie. Aber wie ist aus solcher Kombination der Selbstmord künstlerisch gerechtfertigt? Das war es, was ich dazu sagen wollte. Das Leben in den Gedanken der anderen müßte in ständigen Bezug gesetzt werden zu dem Leben der Frau (die von jenen Gedanken nichts weiß), so daß eine Art

dauernder tragischer Ironie entstünde. Es ist wirklich ein großartiges Hörspielthema, das Sie nicht fallenlassen sollten. Was ich tun kann, werde ich tun. Ich habe das Gefühl, daß Sie Ihren Grundeinfall nicht konsequent durchgeführt haben.
Schreiben Sie heitere Hörspiele!! *Das fehlt uns!* Solche Problemspiele wie das obige gibt es dutzendweise (in Deutschland!), aber Sie können ja so bezaubernd Heiteres schreiben. Etwa: die Geschichte einer Frau, die den Männern imponieren will und mit ihren einstudierten Methoden jeweils an den Falschen gerät. Das als Hörspiel!
Damit will ich aber nicht von »Hier darf nur geflogen werden« ablenken. Es handelt sich nur um einen prinzipiellen Hinweis. Es war in diesem Fall dumm, daß Herr B. das Stück schon gelesen und sogar schon ›begutachtet‹ hatte.
Aber nun wissen Sie es ja, daß ich Lektor am SDR bin und wo Sie in Zukunft Ihre Hörspielmanuskripte hinzulenken haben. Seien Sie nochmals herzlich bedankt für Ihren Brief und aufs beste gegrüßt von Ihrem Freund

O. H. Kühner

Lieber Freund Kühner,

schönen Dank für den Brief! Das ist hübsch, daß Sie in Stuttgart sind, wenn ich vorbeikomme. Ich notiere die Telefonnummer also gewissenhaft ins Notizbuch und verspreche, nie wieder etwas gegen Ihre Weltabgeschiedenheit zu sagen.
Also, der Freitag, der 8. Mai, wo ich um 15.39, wenn's die italienische und die deutsche Bahn schaffen, in Stuttgart eintreffe. Wenn Sie am Bahnhof sein wollen, können, ist das natürlich reizend! Ich verstaue dann mein Gepäck und sehe zu, daß ich ins Hotel komme, das alles geht ja rasch. Christ u. Welt besorgt mir wohl in Bahnhofsnähe ein Zimmer (schönen Dank fürs angebotene Waldhaus!), ich habe noch keine Nachricht. Man besorgt mir vielleicht auch eine Karte fürs lilafarbene Abendkleid der Sagan im ›Marquardt‹ – das sahen Sie längst? Das interessiert Sie nicht? Dahin begleiten Sie mich? Nun, das läßt sich erst feststellen, wenn ich komme. Ich weiß auch noch nicht, wo und wann ich diesen Jens Hofmann von C.&W. treffen kann, alle Verständigungen sind schwierig von der Insel aus.
Warum will ich um alles in der Welt nach Amerika?? Wo ich's hier so gut habe? Wo mein Herz an diesem Stück Erde hängt? Aber das ist und bleibt ja so: das Herz will das Alte, und der Kopf will das Neue, und der Kampf geht bei mir offensichtlich zugunsten des Kopfes aus. Ich schwimme täglich weiter in Richtung Capri, liege länger im Sand, lasse die Zeit durch die Zehen rinnen und hab's viel besser, als ich's verdiene.
Ich freue mich, wenn wir in Stuttgart ein bißchen ›fachsimpeln‹! Seit Wochen kein Gespräch! Nur diese sprachlichen Mißhandlungen, italienisch und deutsch, man müßte Magengeschwüre davon kriegen, entdeckte man nicht immer neue Reize, die durch Fehler entstehen. Falls ich Sie nicht am Bahnhof sehe, rufe ich sehr bald nach meiner Ankunft die angegebene Nummer an. Bis dahin und herzlich Ihre

c.b.

S. Angelo, 29. 4. 64

Lieber Freund Kühner,

schönen Dank für den Brief! Das ist hübsch, dass Sie in Stuttgart sind, wenn ich vorbeikomme. Ich notiere die Telefonnummer also gewissenhaft ins Notizbuch und verspreche, nie wieder etwas gegen Ihre Weltabgeschiedenheit zu sagen.

Also, der Freitag, der 8. Mai, wo ich um 15.39, wenn's die italienische und die Deutsche Bahn schaffen, in Stuttgart eintreffe. Wenn Sie am Bahnhof sein wollen, können, ist das natürlich reizend! Ich verstaue dann mein Gepäck, und sehe zu, dass ich ins Hotel komme, das alles geht ja rasch. Christ u.Welt besorgt mir wohl in Bahnhofsnähe ein Zimmer (schönen Dank fürs angebotene Waldhaus!), ich habe noch keine Nachricht. Man besorgt mir vielleicht auch eine Karte fürs lilafarbene Abendkleid der Sagan im ' Marquardt', - das sahen Sie längst? Das interessiert Sie nicht? Dahin begleiten Sie mich? Nun, das lässt sich erst feststellen, wenn ich komme. Ich weiss auch noch nicht, wo und wann ich diesen Jens Hofmann von C.& W. treffen kann, alle Verständigungen sind schwierig von der Insel aus.

Warum will ich um alles in der Welt nach Amerika?? Wo ich's hier so gut habe? Wo mein Herz an diesem Stück Erde hängt? Aber das ist und bleibt ja so: das Herz will das Alte und der Kopf will das Neue und er Kampf geht bei mir offensichtlich zu Gunsten des Kopfes aus. Ich schwimme täglich weiter in Richtung Capri, liege länger im Sand, lasse die Zeit durch die Zehen rinnen und hab's viel besser als ich's verdiene.

Ich freue mich, wenn wir in Stuttgart ein bißchen fachsimpeln'! Seit Wochen kein Gespräch! Nur diese sprachlichen Misshandlungen, italienisch und deutsch, man müsste Magengeschwüre davon kriege, entdeckte man nicht immer neue Reize, die durch Fehler entstehen. Falls ich Sie nicht am Bahnhof sehe, rufe ich sehr bald nach meiner Ankunft die angegegebene Nummer an. Bis dahin und herzlich Ihre

C. L.

S. Angelo, 29.4.64

2. XII. 64
Stuttgart-N
Lenbachstr. 18

Liebe Frau Brückner!

Das hat mich sehr gefreut, daß Sie nach Ihrer Rückkehr an mich als einen der ersten gedacht und geschrieben haben. Ihre Karte aus irgendeiner der unzähligen Nordamerikanischen Staaten habe ich in der Tat erhalten. Sie erkundigen sich nach meinem Ergehen, obwohl dies, gemessen an dem Ihrigen, natürlich erlebnislos und vage gewesen ist während der Zeit Ihrer Amerika-Reise. Wir haben den letzten Teil des Böhmerwaldes durchwandert, übrigens wieder mit Rüber und Lenz. Diesen verständigte ich telefonisch davon, daß Sie, wie Sie schreiben, in den USA eine »Huldigung« über ihn gelesen hätten. Hierdurch wurde natürlich seine Eitelkeit geweckt und seine Neugierde gereizt, und so hätte er gerne Näheres gewußt, nämlich wo, wie und weshalb diese Huldigung erfolgt war. Oder handelte es sich gar um den bekannteren Siegfried Lenz. Aber Ihnen, so versiert in Dingen der Literatur, hätte eine solche Verwechslung ja sicher nicht unterlaufen können. Wenn es Ihnen also möglich ist, in einem Ihrer nächsten Briefe Näheres hierüber zu schreiben, würde sich Herr Lenz – und ich für ihn – sehr freuen.
Wenn Sie mir, wofür das bevorstehende Weihnachtsfest ja eine gute Gelegenheit bietet, Ihr neues Buch dedizieren wollen, so wäre ich Ihnen sehr dankbar. Ich selber kann Ihnen leider im Augenblick keinen Gegendienst erweisen, hoffe aber, es zu gegebener Zeit nachholen zu können.
Ich freue mich, daß Sie wieder im Lande sind und daß Ihr Briefpapier wieder Gedanken an einen sommerlich blauen Himmel weckt.
Mit den besten Grüßen

Ihr OH Kühner

Januar 65

Liebe Freundin Brückner!

Sie haben recht vermutet: ich lag einige Wochen krank im Bett. Ich komme also erst heute dazu, Ihnen für das »Ischia«-Buch zu danken. Gelesen habe ich's noch nicht. Aber hier sieht man's allenthalben in den Schaufenstern der Buchhandlungen – und im Bahnhofskiosk war es am nächsten Tag verschwunden: also verkauft und die Autorin c.b. war um 1–2 DM reicher!
Ich habe während meiner Krankheit oft an Sie gedacht, weil ich meine aufreibende Ehe los sein (wie Sie) und frei und ungebunden mit Ihnen herumziehen wollte. Ein Künstler sollte einfach nicht heiraten … Das ist ein vielfältiges Thema, und ich müßte Seiten damit füllen. Da die Scheidung so erschwert ist, bleibt (theoretisch!) nur noch das Gift; eine bloße ›Trennung‹ ist zu teuer. (›Versorgungsansprüche‹, und ›meine Frau‹ hat bessere Nerven als ich.) Wieviel Kraft, die man zum Schreiben braucht, investiert man in diese privaten Mißlichkeiten …
Sie sehen, wie es mit mir steht. Aber behandeln Sie es bitte diskret.
Ich klammere mich in meiner Not an unsere Freundschaft.

Ihr OH. Kühner

Liebes neues Du –

das kann ich ganz leicht: Du-sagen und vom O.H.K. bleibt nur noch das Oh übrig und oh sag ich ja oft: verwundert und erfreut und befremdet –
Es ist Sonntag abend, der Tag fing so heiter und ruhig an mit einem Gottesdienst mit schöner Liturgie, Mozart und ein wenig Matthäus-Passion, kleiner Spaziergang hin und zurück, ein paar Briefe, dann ein Überfall Marburger Freunde mit den drei Söhnen, die ein wenig auch meine Söhne sind, und als die weg waren, mußte ich endlich diesen Aufsatz »über die Schwierigkeiten, aus Kassel zu sein« zustande bringen. Was für mühsame Recherchen! Und jetzt liest es sich ganz mühelos, denke ich. Für meine Hauszeitung. C & W. – 6 Seiten.
Das alles soll sagen: Jetzt bin ich rechtschaffen müde und kann höchstens noch bis an den Briefkasten gehen.
Am Mittwoch, dem 16. März also. So ganz gut paßt mir das nicht, aber da will ich keine Unsicherheiten in eben gefaßte Entschlüsse bringen. Nichten-Verheiraten ist sicher ein schönes Geschäft. Aber Mallorca wollen wir deshalb doch nicht streichen! Ich mag auch nicht im Februar den Tag bestimmen müssen, an dem ich im Mai reise. Es gerät oder es gerät nicht. Bei den Mallorquiner Freunden hab ich ein ganz dickes Guthaben, da können wir auch überraschend auftauchen, und die werden die kleine Ferienwohnung deshalb nicht sofort an andere vermieten. Und wenn Du nicht mitkommst – ? Auf Mallorca muß man um mich nicht besorgt sein, das muß man eigentlich nie. Das hängt wieder mit meiner ›Distanz‹ zusammen, von der Du nichts wissen willst. Als ich in Amerika reiste, mit meiner ehemaligen Lektorin zusammen, da fand ich die Formel DDT für mich, das verspritzte ich fleißig: Distanz, Disziplin und Toleranz. Gefährlich ist für mich Ischia, und diesen Ischia(s)nerv, den will ich mir endlich mal ziehen.

Jetzt bekomme ich wahrhaftig Herzklopfen, wenn ich Deine Schrift auf einem Umschlag sehe. So weit sind wir! Wer hätte das gedacht!
Was schreibst Du eigentlich jetzt? Warum schreibst Du nicht, was Du schreibst?? Das will ich doch wissen! Femme des lettres, z. Zt. weniger femme und mehr lettres – Was denn suchst Du in Stuttgart? Wohnung? Zimmer? Sind denn schon Fäden gesponnen? Einen grünen Wagen sollte man haben. Oder: Du einen grünen Wagen und ich ein Haus, für ruhige und für unruhige Zeiten. So und jetzt noch zum Briefkasten! Wir sind schon weit mit dem Frühling! Man kann ihn bald in Zentimetern messen! Riechen kann man ihn längst, ach und hören! Die Amseln! Dumm wie im vorigen Jahr, kriegen den letzten Ton ihrer so hübschen Folge nicht heraus –
Gute Nacht oder: Guten Morgen – wann kommt die Post?

Christine

27. Februar 66

Für c.b.

Liebeslied

Ich liebe Dich so sehr,
Daß ich wünschte, ich wär
Ein kleiner Muskel an Deinem Arm
Oder sogar – bitte, verzeih
Diese Einsiedelei! –
Der Appendix an Deinem Zwölffingerdarm,
Zumindest ein Gallen- oder Nierenstein,
Ich könnte dann immer in Dir sein.
Aber ich faß Dich ja auch gern außen an,
Du hast eine Haut wie Porzellan
Und ich habe für Dich sehr viele
– neben den anderen – Fingerspitzengefühle.
Und damit Du Dich nicht irrst
Und mir eines Tages untreu wirst
Mit einem – was weiß ich –
Polizisten, Bäcker oder Drucker,
Vergiftete ich am liebsten Dich
Mit einer Überdosis Traubenzucker.
Aber seit ich Dich liebe, hasse ich
Den Mord, auch z.B. die Mathematik,
Erst recht den Krieg und die Politik
Und ich gelobe Dir hiermit feierlich:
Ich liebe nur Mozart, Renoir – und Dich!

Statt eines Briefs dieses für Dich justament entstandene ›Gedicht‹. Du bist ja – gottlob! – für Albernes zu haben.

Dein ›Zigeuner‹

Für c.b.

Liebeslied

Ich liebe Dich so sehr,
Daß ich wünschte, ich wär
Ein kleiner Muskel an Deinem Arm
Oder sogar – Bitte, verzeih
Diese Einsiedelei ! –
Der Appendix an deinem Zwölffingerdarm,
Zumindest ein Gallen- oder Nierenstein,
Ich könnte dann immer ~~ganz~~ in Dir sein.
Aber ~~Du weißt,~~ ich faß Dich ja auch gern außen an,
Du hast eine Haut wie Porzellan
Und ich habe für Dich sehr viele
~~Wie soll ich sagen:~~ – neben den anderen – Fingerspitzengefühle.
Und damit Du Dich nicht irrst
Und mir eines Tages untreu wirst
Mit einem –was weiß ich –
Polizisten, Bäcker oder Drucker,
Vergiftete ich am liebsten ~~ich~~ Dich
Mit einer Überdosis ~~von~~ Traubenzucker.
Aber seit ich Dich liebe, hasse ich
Den Mord, auch z.B. die Mathematik,
Erst recht ~~die Technik~~ den Krieg und die Politik
Und ich gelobe Dir hiermit feierlich:
Ich liebe nur ~~die Droste~~ Mozart, Renoir – und Dich !

Statt eines Briefs dieses für Dich gestern entstandene „Gedicht". Du bist ja – gewohnt – für Seltenes zu haben.

Dein
Zigeuner

O. H. – Du Lieber, Liebster, Fernster, Kühnster – ach, jetzt verfüge ich ja wieder über Ausrufungszeichen! Am Sonntag noch waren wir in Deinem Park und ich heute, am Himmelfahrtstag, in meinem, und weil mein Park schon ein so ganz alter Park ist, war ich nahezu mit Dir allein. Die Entchen sind so groß, daß man sie nicht mehr mit der Hand umschließen könnte! Der ganze Sommer ist fix und fertig, höchstens die Eichen noch, die zögern noch und die Wiesen blühen, ach, nicht so wie dort, wo Du jetzt bist, nicht mit Arnika und großen Glockenblumen und Akelei, nur mit Margeriten und Hahnenklee, so hessisch harmlos, wie wir nun mal sind.
Es ist viel zu früh für diesen Brief. Ach ich Ungeduldige! Ich schick nun mal so gern Worte aus. Bienen! Hummeln! Wenn ich ihn morgen erst abschicke, wenn die Post trödelt, wenn Ihr früher zurückkehrt, weil es zu heiß oder zu naß oder irgendwas zu … war, dann begrüßt Dich meine Ungeduld schon, wenn Du durch die Tür kommst.
Die Deutschlandkarte (eine ganz große und ganz physikalische, die gewissenhaft Grün und Blau verzeichnet) liegt in Deinem Zimmer, und immer noch bist Du nur bis an die Wies gekommen – – weil das erste Kärtchen noch fehlt, das die Richtung angibt, noch weiß ich nicht, ob Süd oder Nord. Aber: ich habe mich für Westen entschieden, Ihr geht nach Westen. Das aber wird nun ausgemacht: Einmal im Jahr mit den Männern und einmal mit mir. Ich fange jetzt an, Bedingungen zu stellen. Konditionen der Liebe (so hieß mal im Arbeitstitel ein Hörspiel).
Ach, wenn Du wüßtest, wie hübsch es im Puppenhaus ist, dann kämst Du gleich zu mir, und erst recht, wenn Du wüßtest, wie sehr ich Dich mag und wie ich alle paar Stunden gehen möchte und nachsehen, ob Du nicht doch am Schreibtisch sitzt, ganz zerrauft und aufgeknöpft und … Möglich wär's schon, aber wahrscheinlich nicht, behauptet Nestroy, aber das war ein Skeptiker, und ich bin ja (wieder!) bereit, an alle Wunder zu glauben. Das Häuschen ist kühl und bleibt kühl. Wie lieb von

ihm, denn im Winter ist es ja warm. Auch an den heißesten Tagen, und gestern war so einer, wo man alle paar Stunden unter die Dusche gehen mußte, und gewittrig dazu, und mir war arg bange, so das Dach überm Kopf und sonst nur Blitz und Donner. Die Rosen blühen! Der Flieder und die Birke wächst übers Haus (dazu gehört nicht viel? Das ist wahr!), aber: alles ist mein und wenn Du es nur willst, auch Dein.
Nichts hab ich getan, ich Faulenz! Am Montag bei Christ & Welt und bei Ullsteins hab ich so große Töne geredet über meine Pläne, und jetzt lungere ich herum, mache Kleider kürzer, gehe zur Bank, mache die Steuererklärung (ist bereits aus dem Haus, lob mich!!), schreibe Briefe und hab Mühe, nicht allen Leuten zu sagen: Ich bin so glücklich …
Gestern sang Fischer-Dieskau hier, und darum kam am Nachmittag die reizende Ruth Leuwerick zu mir, und trotz Gewitter hatten wir einen herzlichen, ganz vertrauten Nachmittag. Was für eine liebenswerte, sensible, taktvolle Frau und wie hübsch anzusehen und wie elegant, und wie kostbar das Mitbringsel, ein Gesteck aus vielen, vielen roten Rosen mit weißen Wicken, und: sie ist glücklich! Trotz aller widrigen Umstände (sie hat so entsetzlich viel Sippe mitgeheiratet, in antikem Ausmaß, Schwiegermütter ihres Mannes etc.) glücklich, sie erzählte so freimütig, daß ich auf meine zurückhaltendere Art ein paar Andeutungen machte, und was sagt sie: Ach ich weiß, das ist Kühner! Erinnerte sich sofort an die »Verläßlichkeit der Ereignisse« (daß sie Dir nie oder zu spät geschrieben hatte), an die Schallplatte mit Klaus Kammer – – es war hübsch und vertraut. Zwei glückliche Frauen! Bei Gewittersturm und in Regenströmen ins Konzert, und dann wärst Du eher auf Deine Kosten gekommen als ich: Was für eine Stimme! Was für Möglichkeiten! Da wurde aus Schumann aber herausgeholt. Das ging von »Es fiel ein Reif in der Frühlingsnacht« bis zu »Gottes ist der Orient« – ausverkauftes Haus, daran ist er gewöhnt, ich war überrascht, nicht nur dem Ohr ein Wohlgefallen, auch dem Auge.

Gleich kommt der junge Graf und sein Freund zum Abendessen. Du siehst, wieder einmal muß ich Dich durch zwei Zwanzigjährige ersetzen. Meine Schwester kommt wohl am Sonnabend zurück, ich bin ein wenig besorgt, aber entschlossen, mich von ihr nicht zum Sündenbock machen zu lassen.
Sag ganz rasch einmal Herzele! Ich hör's so gern. So vieles hör ich so gern. Ich werde süchtig werden. Ich nehm Dich beim Wort! Und bald schon bei den Ohren. Denn daß Du's bis zum 10. Juni ohne mich aushältst, das will ich einfach nicht glauben. Es gibt nichts, was Du hier nicht auch tun und haben könntest, und vieles, was Du in Stuttgart nicht haben und tun kannst. Ich rede jetzt vom Frühstück! Ach mein ehrenhaftes Besüchlein! Ganz einfach ist das aber nicht, weißt Du das eigentlich? Ich hab nämlich auch (u. a.!) Fingerspitzengefühle … Komm und ich will Dich den Sommer lehren … und im Winter geh ich dann bei Dir in die Schule.

Dein Herzele

Stuttgart, den 17. VII. 66
Otto Heinrich Kühner
Schriftsteller
7 Stuttgart – N
Lenbachstr. 18

Bezug: Dein Schreiben vom 14. VII. 66
Betr.: Unsere Liebe

An Frau
Christine Brückner, Kassel, Hans Böcklerstr. 5

Unter Bezugnahme auf oben angeführtes Schreiben teile ich Dir mit, daß ich Deine Gefühle ...
Ach nein, Herzele, mach ich's ganz persönlich weiter! Aber ich habe den ganzen Sonntagnachmittag Kontoauszüge abgeheftet, Briefe von Versicherungen und Banken gelesen und z. T. beantwortet, Gelder einbezahlt etc. etc., daß ich mir vorkomme, als säße ich mit Nickelbrille und Ärmelschonern auf einem hohen Stuhl hinter einem Schreibpult. Mit welchem Aufwand ein Mensch doch ›verwaltet‹ wird!! Armeen von Menschen müssen da am Werk sein ...
Und doch genügt es, in ein Badehäuschen zu gehen, auf einem nächtlichen Waldweg mit Geißblattduft – und sich dieser Verwaltung zu entziehen. Liebend ist man überhaupt von alledem am weitesten entfernt ...
... Und lieben, ja, lieben ›tu‹ ich Dich. Es ist jetzt ein Heimwehabend, drüben im Park spielt eine Musikkapelle, der Wind trägt die Klänge herüber – es ist einer jener Augenblicke, wo man das Gefühl hat, etwas zu versäumen, von dem man nicht weiß, was es ist ... Es scheint das etwas Metaphysisches zu sein. Im Psychischen und Physischen aber weiß ich, wohin das Heimweh strebt: Ich als halbe Welt suche Dich als die andere Hälfte! O Du Lie-

bes, Heiteres, Trauriges, Gescheites, Zärtliches, Brauchbares!
Wie hab ich Dich lieb!

Dein Nichtsnutz,
der jetzt – todmüde – den Brief noch zum Kasten bringt, per Rad (!), und damit vielleicht noch ein wenig durch die Gegend fährt …

21. VIII. 66

Liebste!

Hier stoße ich beim Aufräumen usw. immer noch auf Spuren aus dem letzten Jahr. Mein Herz krampft sich dann jedesmal zusammen, wenn ich an all das Chaotische, Bedrückende denke. Welche Befreiung bedeutest *Du* für mich. Welche Welt verkörperst Du! Ordnung, Hoffnung, Harmonie, Freude, Ausdauer, Glauben, Licht, Wundern, Hingabe, Sich-bescheiden …
Im Grunde liebe ich ja dies alles: die Ordnung, und jede Form von Chaos und Gewalt ist mir zuwider. Ich wäre ein schlechter Revolutionär oder Anarchist. Ich glaube an das Evolutionäre.
Das Böse, Chaotische fasziniert mich zwar hin und wieder, stößt mich aber gleichzeitig ab oder richtet mich zugrunde. Ich habe auch im ›Bösen‹ immer gewußt, daß es böse ist, und war deshalb wohl auch nicht böse, das Böse tuend. Die Sehnsucht nach Licht und Sonne verließ mich nie.
Vielleicht ist auch dies alles nur eine Sache der *Nerven*: daß ich nicht die Nerven habe für die Gewalt, das Böse und den Unglauben. Dann sind die Nerven Organe Gottes, mit denen er unser Schicksal macht. Warum nicht? Sie sind das Subtilste an uns, das am meisten Immaterielle, am Übergang vom Sichtbaren zum Unsichtbaren, von der Lust zur Luft, von einer Wirklichkeit zur anderen.
Das nur wollte ich Dir schnell sagen, weil es ja ganz wesentlich Dich und uns betrifft.

Dein OH.

21. VIII. 66

… Deshalb liebe ich vielleicht so die Barockmusik, die strenge (mathematische) Ordnung. Diese ›Ordnung‹ ergibt sich für mich nicht etwa aus überkommenen moralischen

Grundsätzen (in dieser Hinsicht denke ich ja, wie Du weißt, oft ganz ›revolutionär‹), sondern aus dem Biologischen.
Und was ich auch gern einmal schreiben würde: ein Denkmal für die Unbekannten, Vergessenen. Ich besitze da die Literaturgeschichte von Heinrich Kurz aus dem Jahre 1870 und eine Balladensammlung aus der Mitte des letzten Jahrhunderts. Darin sind Leute (mit Biographien!) enthalten, von denen – meist zu Recht! – kein Mensch mehr etwas weiß. Dennoch: willkürlich einen davon herausgreifen, stellvertretend für all die anderen Vergessenen! Das ist echte menschliche Tragik. Nicht Mozart, nicht Beethoven, sondern Joseph Martin Kraus, ein Komponist aus dem Odenwald, der jung, ehrgeizig, geprüft durch viele Entbehrungen, Hofkapellmeister am schwedischen Hof wurde. Wer kennt ihn noch? Dabei stehen sie uns menschlich näher als die Großen. Darüber wäre viel zu denken und zu schreiben. Und Du weißt ja, ich stehe immer auf seiten der Getretenen, Gedemütigten, Zukurzgekommenen …
Und nun erfuhr ich auch mehr über R. Der Staatsanwalt rief an. Man fand sie am Ufer eines in der Nähe Stuttgarts gelegenen Waldsees. Einige Schlaftabletten hatte sie noch in der Tasche. Dazu ein Brief, sie könne das Alleinsein nicht ertragen. Alle Entziehungskuren hatten keinen Erfolg gehabt. Armer Mensch! Schwester Mensch! Wie glücklich hättest du leben können, bei deinem Aussehen und deiner Intelligenz! Und irgendwo in einem Heim bei Karlsruhe lebt jetzt ein *unschuldiger* kleiner Junge, der keinen Vater und keine Mutter mehr hat. Schicksale wie Berge!

Du! Liebstes, liebe mich,
Deinen OH.

Oh – Du Liebster!

Gestern abend warst Du – einen Atemzug lang! – so nah, daß ich Dich fast am Ärmel hätte fassen können. Fast! Und gleich drauf warst Du doppelt weit weg. S o weit kann Stuttgart ja gar nicht entfernt sein.
So einen schönen Brief hast Du mir am Sonntag geschrieben. So schön, daß sich die Bundespost gar nicht von ihm trennen konnte und ihn zwei Tage lang für sich beansprucht hat. Ordnung – Hoffnung – Harmonie – Freude – Auscauer – Glauben – Licht – Hingabe – Sich-bescheiden – oh Herzele, was sind das für Worte! Die wiegen schwer. Mit einem Plumps sind sie in meinem Herzen verschwunden, und da will ich sie bewahren. Wenn sie nur recht oft auf unser schönes Verhältnis anzuwenden sind. Alle sagen: lieben sei schwer, sei Aufgabe, verlange vor allem guten Willen – und mir scheint es so leicht, so ganz ohne Mühe, so selbstverständlich und heiter. Beeinträchtigt das nun ihren Wert? Gilt sie dann weniger? Wo wir doch gewohnt sind, immer nur das Schwere als wertvoll zu erkennen und anzuerkennen?
Was aber nun die Nerven angeht in Deinem Brief. Sie stehen schlecht im Kurs! Ein nervöser Mensch – das sagt in unserem Sprachgebrauch nur Ungünstiges aus, nichts da von Sensibilität, erhöhter Empfindsamkeit. Das Subtilste? O. H. Oh! Da wirst Du aber Mühe haben, den Kurs zu heben. Was aber gut wäre! Das Robuste, Gesunde zählt so unverdient viel. Günter Eich sagt mal, in einem Hörspiel? In den Träumen? Die Gesunden verstehen die Welt nicht. In jenem Sinn meinst Du es wohl. Von ungefähr ist das Mißtrauen gegen die Nervösen wohl nicht, sie bringen die Unruhe in die Welt. Halten sie also auch in Gang. – Ach ja und die Fingerspitzengefühle! Da kommen sich dann die Nervenenden und die Gefühle wirklich sehr nahe! Jetzt aber nur Gefühle, nichts da mit Nervenenden und Fingerspitzen, die klopfen nur eben auf die Tasten, und damit das lesbarer wird, hab ich ein Farbband investiert.

»Ich bin Tobias« (Luise Rinser) ist besprochen, recht unfreundlich, und eigentlich ist mir das leid. Aus Sorge, daß nun andere mit mir auch so verfahren?? Ob ich mich dem neuen PROJEKT zuwende? Den Keimling, den hast ja Du geliefert. Ein Roman in Briefen. Ich taste bereits den Zeitraum, das mögliche Milieu, die Personen ab. Fingierte Herausgabe wohl gar? Oder ist das zu unseriös. Die Schwierigkeit ist ja, daß ich etwas machen muß, das den Wechsel zum Propyläenverlag zuläßt. Es muß also in frühem Stadium mit den Herren Verlegern besprochen werden. Was könnt ich dann Liebesbriefe schreiben! Herzele! Und nicht an Dich. Da werd ich Dir ja untreu, wenn Du nur durch eine Wand von mir getrennt bist.
Sieh zu, daß Du nicht den ganzen September verreist! Die Frankreichreise kostet doch gewiß eine gute Woche. Extrareise nach Kassel? Läßt sich da nichts kombinieren? Die Oktoberwanderung! Oh Du 14 cm größerer Dichter, nun mal zu! Wenn das in diesem Winter was mit *unserem Embryo* werden soll – –
Wann reist Du nach Troisdorf (Siegburg? kann das nicht auseinanderhalten!) – Frankreich? Kannst Du mich vielleicht in Frankfurt auf der Messe abholen? Treffen? 25./26. September? Nun hör mal zu: Mir hat noch keiner eine Studienreise nach Schottland, eine Reise nach Rom spendiert! Nach Frankfurt zur Messe hat's nur kommerzielle Gründe. Woll? Bestimmt!
Und jetzt war die Post da und ein Brief von Dir, der ja nicht erwartet wurde, ach und was für ein Brief, über den jungen enthusiastischen Komponisten und Hofkapellmeister – da kann man ja reden, dem ist was abzugewinnen, zumal ja seine Gefühle sicher ganz ähnlich waren wie die eines Beethoven, und man weiß nicht mal, wer von beiden gemeint hat, er sei Beethoven – –
Aber dann – oh Liebster! Wie traurig, wie herzzerreißend traurig ist das. Sterben, weil man das Allein-sein nicht mehr

erträgt. In einer Welt voller Menschen! Hat ein Kind – – das möcht man ja gleich aus dem Heim herausholen – ach Du! Wie traurig! Und wie nah bist Du dran. Schicksale wie Berge! Oh ja. Ich liebe Dich. Wenn doch nur eins das andere vor Leid bewahren kann –

Dein Stinchen

Am 24. August 66

30. VIII. 66

Gerade wurden meine Gedichte im Rundfunk gesprochen. Sie sind besser, als ich dachte. Der Starsprecher, Fred C. Siebeck, holte das letzte heraus …

Ich bin müde, körperlich und seelisch. Seelisch? Ich habe einen Nachmittag lang Kisten und Koffer ›ausgemistet‹! Ich wollte es ausnutzen, daß ich z. Zt. allein im Hause bin und den Mülleimer ganz für mich beanspruchen kann. Man muß sich ja trennen können von all dem Ballast der Vergangenheit, wenngleich es oft schwerfiel und ich minutenlang zögerte und überlegte bis zur seelischen Erschöpfung (siehe oben!). Tagebücher (aber nur mit Fakten, künstlerisch wertlos von 1936–1948), Photo-Alben von Reisen, ganze Bücher mit Notizen aus Jugendjahren (literarisch wertlos, auch so klein geschrieben, daß die Sichtung einer Lebensaufgabe gleichkäme), alles flog in den Müllkübel. Dahin! Leb wohl! Das Leben ist zu kurz, um sich damit zu belasten und einige Wochen lang zu sichten, um schließlich vielleicht ein paar taugliche Verse zu finden. Am liebsten ginge ich ja wieder hinunter ans Gartentor und holte alles wieder aus dem Mülleimer heraus. Aber ich überwinde mich. Und um 11 Uhr morgen vormittag, wenn der Müllwagen sein Werk getan hat, ist es dann – gottlob – zu spät. Mein Gott, was habe ich alles aufgeschrieben! Eigentlich alles. Mein Verhältnis zur Welt vollzog sich im geschriebenen Wort. Jeder Vorgang, jede Äußerung, jeder Gedanke (auch oder vornehmlich unwichtige und unbedeutende) – alles wurde aufgeschrieben, schon mit 15 Jahren. Und mit welcher Passion und Sorgfalt legte man Reise-Photoalben an, um sie nie mehr hervorzuholen und 30 Jahre später an einem regnerischen Spätsommernachmittag in den Mülleimer zu werfen. Vanitas vanitatum vanitas! Aber immerhin war jener Nachmittag vor 30 Jahren, als ich das Album anlegte, ein Stück gelebtes Leben.

Ich bin jetzt, wie gesagt, etwas deprimiert, zumindest sehr ernst. Und da greife ich den Satz aus Deinem letzten Brief heraus »Zürcher Herr … 50 … ledig. Paß auf mich auf!« Freilich, es ist im Scherz gesagt, aber manchmal denke ich, ich müßte einer solchen Chance wegen auf Dich verzichten. *Im Ernst.* Was kann ich Dir von alledem bieten!? Schreibe mir einmal im Ernst, ob Du Dir das richtig überlegt hast. Personenstand und wirtschaftliche Lage unsicher, mit sporadischem unbändigem Hang zum Alleinsein, legt nicht allzuviel Wert und Sorgfalt auf sein Äußeres, ist sensibel und labil. Ach, Herzele, ob ich mir einmal Vorwürfe machen muß, ich habe Dir den Weg zu besseren Möglichkeiten verbaut: Villa mit Park, Auto, Monatswechsel. Es klingt alles so lachhaft, ist aber doch sehr ernst. Die Chance zu leben hat man nur einmal. Und was machen wir, wenn uns einmal nichts mehr einfällt? …

Jetzt bin ich so müde, daß mein Kopf immer tiefer sinkt.

Gute Nacht, mein Liebstes auf der Welt,

Dein OH

Herzele! Du bist ein richtiges Dummerlein-pumm!

Was ist das denn für ein Brief, der mich hier empfängt? Ob ich's mir ernstlich mit Dir überlegt habe! Ich hab's mir gar nicht überlegen müssen: ich hab's gewußt. Mit Denken und Spekulieren ist da doch nichts zu machen. Zähl Du nur Deine Mängel auf, die wirtschaftliche Lage und was Du da noch zu bieten und nicht zu bieten hast – – mich machst Du nicht bange! Der Personenstand? Nun ja. Das wär gut, wenn der geändert wär – – der sporadische und unbändige Drang nach Allein-sein, gut, das akzeptier ich. Zumal dann, wenn erst das Zusammen-leben das natürliche, übliche, wirklich selbstverständliche ist. Pfeif doch auf den Züricher Herrn! Den hab ich schleunigst, aber entschieden an meine Schwester abgeschoben, der schreibt er bereits Expreß! Hoffentlich gibt das nicht Ärger, sondern ein bißchen Spaß. »Villa mit Park und Auto« – pah, ist unser Häuschen nicht groß genug? Wo die Sonnenblumen ins Fenster gucken? Auto? Kriegst Du! Und was wir machen, wenn uns mal nichts mehr einfällt?? Herzele! Wollen wir die Sorgen nicht nacheinander vornehmen? JETZT fällt uns ja noch was ein. Ich kann noch ein paar Dinge mehr: außer Schreiben und Du doch wohl auch. Spielst Du die Orgel und ich fege die Kirche. Sei doch nicht bange! Wie gut, daß dann doch noch unterm Brief steht: gute Nacht, mein Liebstes auf der Welt – – mein Dummerlein-pumm! Du so müde und bedrückt, und ich war's auch gerade! Hoffentlich trifft's uns nicht so oft gleichzeitig. Aber ich bin da eigentlich sicher: den eigenen Kummer vergeß ich gleich, wenn es den anderen zu trösten gilt. Und Du bist ja wirklich »ein Tröster wert in aller Not«. Wieder gut? Und Du trennst Dich von soviel beschriebenem Papier?! Mach ruhig Platz für Neues! Es war vielleicht wirklich Ballast!? Ich stell soviel weniger Worte her, eigentlich nur die, die ich dann auch gleich verwende, und die sind ja dann aus dem Kopf und aus dem Haus. Ach was! Ganz anders! Ich schreib ja, was Du auf Notizzettel schreibst, in Briefe und verstreu Worte wie mit einem Salzstreuer über den Landen. Möglich, daß sogar manchmal eines aufgefangen wird – –

Marburg! So viele Frauen! Aus Holstein (eine Gräfin, Landwirtschaft) und Frankfurt (Frau von Deutschlands reichstem Buchhändler!), Frau eines Orthopäden – wer noch? Kohlen en gros, das auch, und sie klingelten mit ihren Armreifen, und es saßen Saphire drauf, und sie waren aus Weißgold, und sie – nicht die Armreifen – sprachen von Ehe und Scheidung und Kindern, ach! Und von Liebe war gar nicht die Rede, und ich war fein stille, und manchmal sagte eine: Sie schweigt! Sie lacht und schweigt –

Herzeliebes! Die einzige, die glücklich war und ist und wohl lange sein wird, das bin doch ich! Wir beide! Hörst Du: wir beide! Frag die Leute im Lädchen in Todtmoos: wir gehören zusammen –

Viel getrunken und geraucht, mit den Kindern Choräle gesungen, Galerie besichtigt, Herrn Brückner nicht angerufen und, Rosen im Arm, nach Haus gefahren. Hier lagen viele Belegexemplare. Geno Hartlaub hat aber wirklich den Sommer auf dem Lande zuschanden redigiert. Pointen (die ja spitz waren!) raus und umgestellt, es hat nicht mehr Sinn und Verstand. Bei C & W ist der Artikel über Kassel erschienen, liest sich amüsant, meine ich, Rezension ist auch drin. Na! Da können wir ja Sprünge machen, da wird der Rubel ja rollen, da geh ich bald mal zum Weinhändler – – und da machen wir mal abends ein Rotwein-Käse-Essen, aber dafür suchen wir die Sorten *gemeinsam* aus –

Und jetzt ist es gleich 18 Uhr, und da werd ich's ja nicht lassen können: da probier ich mal, ob ich Dich erreiche. Oder fährst Du dann schon Rad? Magst dann gar nicht gestört sein? Auch nicht von mir? Aber dann ruf ich später an. Ich erwisch Dich schon! Heut bin ich doch wieder ganz zuversichtlich. Ach und bald bist Du hier, und wenn ich rechne und rechne, hast Du gesagt: spätestens am 9. – ach dann ist das in einer Woche oder früher oder schon bald, und irgendwann ist das übermorgen, morgen, in einer Stunde, und dann tret ich von der Bahnsteigkante zurück und – und – und! Du! Da krieg ich ja Herzklopfen, ich dumme alte Person –

Ich Pummerlein-dumm

2. September 66

Mittwoch

Liebstes!

Du schreibst mir immer so schöne Briefe, heiter, verständnisvoll, liebend! Und in den Telefongesprächen sind so oft Mißklänge, daß ich den Hörer gar nicht mehr gerne abnehme. Wie ist das möglich? Natürlich muß ich mich nur freuen (und ich tue es ja auch), wenn Du mich möglichst bald bei Dir haben willst, aber daß Dir die Einsicht in solche Dinge wie ›höhere Gewalt‹ (und das sind doch diese Zahngeschichten!) fehlt, verstehe ich nicht. Was hätte ich denn tun sollen? Gewiß, ich schrieb das ja schon: meine neue Behausung, meine Schallplatten, die Abende über den Büchern usw. stellen einen kleinen Ersatz dar für die Trennung, aber ich bin jetzt (nach 3 bis 4 Wochen gewöhnlich) so weit, daß ich das Alleinsein auch nicht mehr ertrage und meine Sehnsucht nach Dir und ›unserem‹ Häuschen in der ›Aue‹ übermächtig wird. Ich habe Dich doch lieb, also ist es auch das Natürlichste.
Und nun muß ich (zum letzten Mal) den Termin meiner Ankunft noch einmal verschieben. Ich soll am Samstag, den 12. Nov. nach Bonn kommen, dort noch an einer Probe (?) und einer Kranzniederlegung teilnehmen, am Sonntag dann an der Feier im Bundeshaus. Ich komme also am Montag, den 14. Nov., 16 Uhr 11 in Kassel an, direkt in Deine Arme (und zwar von Köln herkommend, wo ich um 11.41 abfahre). Ich bekomme dann ja vom Volksbund die Reise wieder bezahlt. Am 10. XI. bin ich noch zum Funk bestellt (Unterhaltungsabteilung), wo man meinen zweiten Schub »Belutschistangedichte« senden, aber vorher mit mir über einige kleine Änderungen sprechen will. Die beiden ersten Sendungen haben guten Anklang gefunden (Zuschriften der Hörer). Nun hoffe ich, daß ich meine Bonner Verwandten am Samstag, den 12. ›nebenher‹ auch noch besuchen kann – sonst sind sie beleidigt. Sie am Montag noch zu besuchen, hätte ja wenig Sinn, da mein Onkel im Betrieb ist.

Meine weiteren Pläne sind folgende: Ich bleibe bei Dir in Kassel vom 14. Nov. bis 11. Dez., dann fahre ich nach Stuttgart zurück (Besuch des elterlichen Grabes, Packen und Verschicken von Weihnachtspäckchen, zweimal Zahnarzt, Teilnahme am Funk-Gremium usw.). Am 23. Dez. komme ich wieder nach Kassel zu Dir bis 10. Januar, dann fahre ich für 8 bis 10 Tage nach Oberstdorf zum Skilaufen. Am 1. Februar wieder nach Kassel. Soweit der ›Dienst-Plan‹. Parole: »Getrennt marschieren, vereint schlagen«(?).
Zu Deinem heute empfangenen Brief: Aber natürlich akzeptiere ich den TV als Weihnachtsgeschenk für uns! Ich zahle dann einen Teil (statt eines besonderen Geschenkes, das ich geplant hatte), und Du streichst die Schallplatten aus meinem letzten Brief!
Da ich im schwarzen Anzug nach Bonn fahre, habe ich ja den Anzug für Oper und Konzert gleich am Leib. (Ich kann ja vorsorglich auch gleich schon die Badehose unterziehen.)
Und selbstverständlich bringe ich Kühners Werk (kostenfrei) mit, »Bockenburg« ist offensichtlich (mit Recht) nicht so gefragt!?
Exposé an Rowohlt schicken – das könnte man ja machen. (Aber vorher etwas besser formulieren?) Daß »Kokon« in der »ZEIT« als Werbeprämie angezeigt ist, ist doch sehr beachtlich, um nicht zu sagen: »Donnerwetter«!
»Ja, dann wollen wir heiter und glücklich sein und wunderschöne Bücher schreiben und uns sehr liebhaben.«

Dein Ander-Pumm

4. Nov. 66

Lieber – dies wird meine Kapitulationserklärung. Ob ich sie Dir erklären kann, weiß ich nicht mal. Vielleicht wird es auch nur einer aus einer Reihe von Briefen, die ich Dir aus Feigheit nicht schicke.

Du kommst also nun wohl Mitte November hierher. Im vorigen Jahr bist Du nach Juist gefahren. Da ist wenig Unterschied. Hier wie dort wirst Du für die Dauer der Gültigkeit einer Rückfahrkarte der Deutschen Bundesbahn bleiben. Oder kürzer; ich weiß es ja nicht.

Mein Fehler war, daß ich so viel erwartet hatte. Deiner, daß Du glaubtest, mich so billig haben zu können.

So ist es doch: wenn ich krank bin, fährst Du weg. Wenn ich niedergeschlagen bin, schreibst Du: Mißerfolge habe ich selbst. Wenn ich zu Dir kommen will, sagst Du: Meine Wohnung kannst Du nicht betreten, ich bin schließlich verheiratet.

Du wehrst Dich gegen Bedingungen. Das tue ich auch, aber unter einer Voraussetzung, daß man unter den gleichen Voraussetzungen miteinander umgeht. Ein freies Verhältnis ist nur möglich, wenn beide Teile frei sind. Ich will keine Liebschaft mit einem verheirateten Mann. Ich habe die Situation wohl ganz falsch gesehen. Wie das passieren konnte, ist leicht aufzuzählen. Das mag zwei Jahre her sein, da hast Du in einem Brief geschrieben: »wenn ich Sie eines Tages fragen würde …« Darauf habe ich nicht reagiert. Später hast Du mir geschrieben: »ich lebe in Scheidung«. Im vorigen Herbst hast Du mir gesagt, daß Du Schwester Rosemarie die Ehe versprochen hast. Mein Gott – jede andere Frau hätte doch angenommen, diese Ehe ist geschieden oder wird in den nächsten fünf Minuten geschieden! Seit dem vorigen März, als wir beide fanden, daß wir fortan zusammengehören, ist die Sache nicht weitergegangen, von Dir zumindest nicht vorangetrieben.

Vorwürfe? Nicht einmal das. Ich sage es weniger zu Dir als zu mir: so ist die Situation. Kann ich das? Will ich das? Mute ich mir nicht etwas zu, was ich nicht durchhalten werde? Noch können wir uns trennen, die gemeinsame Zeit ist nur kurz, hinterläßt eines Tages die Erinnerung an einen glücklichen Sommer–Sommer, wie wir's genannt haben. Ich bin nicht genügsam. Und Du brauchst eine genügsame Frau, an die Du hohe Ansprüche stellst. Vielleicht gibt es die. Ich bin es nicht. Vor Monaten hast Du mal zu mir gesagt: Du bist die Zweitliebste. Der Liebste bin ich. – Ich stutzte. Wie richtig das ist, hab ich viel später begriffen.
Ich kann diese Inflation von WORTEN auch nicht mehr ertragen. Liebesbriefe! Mein Gott, die stell ich seit Jahrzehnten her, mal privat und mal professionell. Ich kann's ja kaum noch unterscheiden. Ich könnte sie mir längst selber schreiben, da wüßt ich sogar ganz genau, was ich gern hören möchte.
Also: ich kapituliere. Ich weiß nicht weiter. Vielleicht ist alles wieder gut, wenn Du am Bahnhof ankommst und »Pumm« sagst.
Daß ich dann gerade nach Hamburg muß, das trifft sich, wie sich's treffen mußte. Du wußtest ja sicher schon lange, daß Du zu der Feierstunde ins Bundeshaus fahren wolltest. Feige bist Du auch noch. Dann sag doch wenigstens nicht immer: Ich komme nun bald. Aber aus Deinem Kommen eine Enttäuschung in Permanenz zu machen, das war wirklich das Schlechteste, was Du tun konntest. Ich hatte mich so sehr gefreut! Ich dachte, dies würde der glücklichste Schreib-Winter für uns beide. Am gleichen Projekt interessiert. Über lange Wochen zusammen, ohne Kommen und Gehen. Dies ist ein so warmes, behagliches Haus.
Etwas später: Jetzt ist Dein Brief vom Mittwoch da. Er ändert eigentlich nichts. Du teilst mir Deine Pläne mit. Mit keinem Wort ist von mir die Rede. Dann komme ich. Dann fahre ich. Daran werden wir scheitern, jetzt oder später.

Müßten wir nicht versuchen, uns zu verständigen? Erwartest Du immer nur Unterordnung? In höhere Gewalten, in einen kranken Zahn, Feierstunden im Bundeshaus, Skilaufen in Oberstdorf. Hättest Du nicht einen Augenblick lang überlegen können, ob wir zusammen in die Berge fahren könnten oder wollten?
Ich werde diesen Brief nun doch abschicken. Es ist sicher besser, wir ersparen uns (und das in doppelter Hinsicht!) die Telefongespräche. Vielleicht kannst Du ja das Geröll, was sich jetzt zwischen uns türmt, beseitigen. Wenn Du am 14. kommst, sehen wir uns noch. Ich fahre am 16. morgens nach Hamburg. Du erwartest so unendlich viel Verständnis in Deine Eigenheiten. Ich habe auch welche. Und ohne Verständnis von Deiner Seite wird es nicht abgehen. Ich habe von Anfang an gesagt: an Trennungen bin ich immer gescheitert. Ich werde es wieder tun.
Ich mag Dich – *daran* hat sich ja nichts geändert.

Immer noch Dein

6. XI. 66

Mein Liebstes!

Wie gut, daß dieser Spuk wieder vergangen ist! Solche Zustände – versuchen wir sie in Zukunft zu vermeiden (Trotz, Anklagen usw.)! Nun war ich an dem betr. Tage, wie gesagt, ohnedies schon aufgeregt, was immer zur Folge hat, daß mein Herz nervös wird. (Ich glaube, es wurde erst im Lauf der Zeit nervös – Angst in Krieg und Gefangenschaft, von 1950–60 ständige Terminängste usw.). Das nervöse Herz seinerseits macht irgendwelche in diesem Zustand auftretende Probleme noch ›angsterweckender‹, was seinerseits das Herz noch nervöser macht, was seinerseits ... ein circulus vitiosus, ein Teufelskreis, der einfach aufgebrochen werden muß, indem ich das Herz medikamentös oder durch autogenes Training (aber am besten: durch Beseitigung der die Nervosität auslösenden Probleme) ruhigstelle. So ist es auch jetzt wieder: Dein Anruf am Samstag, also gestern nachmittag, hat die alte Harmonie wieder einziehen lassen. Ich fühle mich wieder ruhig und gesund.

Und nun wird der Ankunftstermin ja auch wirklich nicht mehr verschoben, es sei denn um Minuten, falls der Zug Verspätung hat. Ach, wie ich mich freue, wenn ich Dich auf dem Bahnsteig stehen sehe, Pumm! Mein Liebstes! Ich »mag Dich doch halt so arg« – ich merkte es jetzt wieder am Freitag. Freilich, wenn diese Deine Depressionen und Gemütsschwankungen hormonell bedingt sind, dann wissen wir darum und wollen sie mit Verständnis hinnehmen. Gegebenenfalls kann man ja auch mit entspr. Mitteln dagegen angehen. Das fehlende männliche Hormon ... nein, das kann ich nicht so einfach hier hinschreiben, weil unsere Briefe vielleicht einmal veröffentlicht werden (!!)

Ich mache hier jetzt meine Spaziergänge um 22–23 Uhr (nicht mehr 23–24), damit ich früher ins Bett komme. Alles für die Gesundheit! Komme auch ohne Tee und Kaffee aus

(will mein Herz auch nicht zusätzlich nervös machen), würde auch bei Dir morgens am liebsten Milch oder etwas Ähnliches trinken. Und Sauerkraut und Blumenkohl und Gemüse überhaupt, Dinge, die ich mir hier nie mache.
Ich freue mich! Ich freue mich!

Dein Pummerer

Christine zum Geburtstag 10. XII. 66

Was ich von diesem, unsrem ersten Jahre …
Was ist es, das ich jetzt in mir bewahre:
Tannwald, Moosbett und Dämmerstille,
Der Duft nach Geißblatt und Kamille,
Eine Nixe, ein Nix und ein Badehaus
Und oben ein Stück schönsten Himmelblaus;
Seerosen, Weiden, Kornfeld und Kahn,
Mittagszeit, Sonnenglast – die Stunde des Pan.
Und in all der Liebe, in all dem Gelüst
Keine Welle, keine Blüte blieb ungeküßt –
Ein arkadischer, ein heidnisch-frommer,
Dein … mein … unser »Sommer-Sommer«!

Ach, folgen wir weiter der Wolken Spur,
Dem Blütenton und der Sonnenuhr
Und laß uns so zu den fernen Jahren
Mit Schiffen aus Silber weiterfahren,
Bis der Mond uns einstens von dannen nimmt
Ich liebe Dich, Herzele, ganz be-sch-timmt!

O. H.

Pummerer – lieber Liebster! Morgen ist unser ganz regulärer erster Jahrestag, und weil Du dann bei den Männer-männern im Funkhaus bist und allenfalls ein Ichgehejetztzumfunk-Kärtchen für c.b. schreibst, muß ich das Gedenken ganz allein übernehmen.
Und ich will's bedenken und loben und danken. Was für ein glückliches Jahr. Und: da ist kein Ende abzusehen und: es wird immer noch schöner. Glück und Erfolg. Rosen und Lorbeer. Wer hat das schon! Du – Herzele Du! In einem Alter, wo andere sagen: Hauptsache, man ist gesund.
Heut kam viel Post. Sämtliche deutsche Funkanstalten schickten Manuskripte. Die heb ich auf! Die siehst Du an, wenn Du wieder zu Haus bist?? Auch der Südfunk! War an Dich adressiert, war eine Drucksache – innen ein Zettelchen: Bitte an Frau Brückner. Haben die den Stinkefisch schon hektographiert! Wollen ihn am 30. Juni senden. Ach – lieber Co-poet! jetzt hab ich's gelesen, und ein paar Sachen stimmen nicht. Das Nietzsche-Zitat, das doch so bekannt ist, das ist ganz falsch. Hast *Du* die Freundin Luise genannt? Mußte es Luise sein? Na, das soll mir schließlich egal sein, sonst sind es Kleinigkeiten, aber ich glaube, wegen Nietzsche solltest Du mal anrufen (wenn ich da bin, bringe ich das genaue Zitat mit) – soviel zum Stinkefisch. Wieviel Prozent kriegst Du??
Ein Frühlingstag! Quasimodo wusch Gardinen, klopfte fünfzig Teppiche, da sprang ein Bazillus über, und: ich riß die Gardinen auch vom Fenster, die wässern jetzt in der Badewanne und mich reut's. Was für Folgen! Fensterputzen etc. etc.! Schöne grüne Gitter! Und übermorgen bepflanz ich den Garten, hab schon allerlei erbettelt und gekauft.
Ah – was hast Du zu tun! Ich seh, Du brauchst eine hauptberufliche Mitarbeiterin. Ich gehe in den Ruhestand. Hab 7 Feuilletons abgeschrieben und werde morgen ein artiges Briefchen an Stichnote, den Chefverleger des Hauses, schreiben. Dabei kann der nicht lesen und schreiben, was soll's.

Hat sein Abitur in Essen und Trinken gemacht, davon versteht er was und vom galanten KüßdieHand.
Es ist so lange hell! Ich muß ja laufen, damit der Brief vor der Sieben-Uhr-Leerung im Kasten ist und Du ihn morgen hast und lesen kannst:

Ich mag Dich!

Ich liebe Dich!

Ich hab Dich so lieb! – Herzele! Liebstes! Mal werd ich ein ganz neues Wort finden – Eines!? Noch hundert neue Worte werd ich finden, Dir zu sagen, daß ich glücklich bin wie nie.

Dein Pummerlein-Pumm

Am 15. März 67

Telegramm Deutsche Bundespost

Datum: 16 III 67 Uhrzeit: 11 28

1140 Stuttgart / 9 18 16 1110 =
Christine Brueckner Hans
Boecklerstr. 5 Kassel =
9411Z Kassel D
TSt Kassel
7111 TA Stuttg D:

HERZLICHE GLUECKWUENSCHE ZUM EINJAEH-RIGEN MIT DEN BESTEN WUENSCHEN FUER DIE ZUKUNFT = PFALZGRAF +

Sonntag, 17. IX. 67

Liebstes!

Ein kleiner Liebesbrief in Prosa, als Kassiber unter den Bücherregalen durchgeschoben. Ein Liebesbrief am Vorabend des Aufgebots: Wir werden Mann und Frau! Zum ersten Mal in meinem Leben empfinde ich Freude beim Gedanken an die Institution der Ehe, selbst der staatlich ›konzessionierten‹! Was ist geschehen? Du hast mich nicht nur lieben gemacht, Du hast mich reifer gemacht. Auf dem Weg der menschlichen Entwicklung, des ›Höhersteigens‹, bin ich an einem Punkt angelangt, wo ich den anderen mehr liebe als mich selber; wo ich aufrichtig und wahrhaftig sagen kann: Ich will nicht mich, ich will *Dich* glücklich machen. Mein Glück steht mir weit unter dem Deinen. Ich stelle das mit Befriedigung fest, daß ich mich von mir selbst zu befreien beginne. Du hast mir durch Deine bloße Existenz und Deine Güte dazu verholfen. Ich danke Dir!
Ich umarme Dich, meine liebe Frau,

Dein Mann

Pummerer aus Baden kannte eine Frau,
Bewandert in Satz- und Gartenbau,
Die, so hört' er,
Machte richtige Wörter.
Bei einem, das heißt, bei der Orthographie,
Nahm er sie.
Und so kam Pummerer infolgedessen
Nach Hessen.
Die Frau war übrigens ›nebenher‹
Pfarrerstochter wie er.
Jetzt stellen sie zusammen Wörter her,
Zum Teile sie, zum Teile er
Im Wett- und auch zum Broterwerb,
Miteinander verbunden auf Gedeih und …
Nein, wie dem auch sei,
Nur auf Gedeih.
Tandaradei!

Vorgetragen an unsrer
Hochzeitsfeier im Schlößchen
Schönfeld am 7. X. 67
Pummer(er)

Im Himmelreich
Dezember 1967

Lieber Newö, liebes Ottele, wie Deine seligen Eltern Dich genannt! Ich hab' viel Freud an Dir gehabt selbiges Jahr und auch Deine Eltern, die wo gleich nebenan sind.
Hast Dich bra~~f~~v gehalten! Bist seßhaft geworden und hast das Vagabundieren aufgeben. Du ~~biest~~ bist jetzt ein gestandener Mann. Ruhm und Ehre hast Du bekommen und ein gutes und liebes ~~schönes~~ Weib. Sei dafür immer recht dankbar. Amen!
Deine lb. Mutter sagt, Du trinkst gern einen Eierliköhr und ißest gern süße Datteln. Werde nicht zu dick! Auch wenn Deine Frau Dich auslacht, ich schicke Dir ein Nachthemd. Das ist gesund, im Hemd schlafen.
Die Zweige sind von einer Tanne im Schwarzwald, wo Du so gern haben tu~~h~~st.
Ich bin das Schreiben nicht gewohnt, selbiges hat immer der sehlige Ludwig getan, den wo Du kennst und wo mein lieber Gemahl war. Amen!
Gib Deiner Frau einen Kus von mir, der ihr besser schmekken wird als ein Schmatz von einer alten Frau, die immer gern geküßt hat, wo sie noch jung wahr. Amen! Frag den Ludwig!
Frohe Weihnachten im Himmel und auf Erden!

Deine sehlige Tante Auguste Filser †

»Der einzige funktionierende Autorenverband«

Ein biographisches Zwischenspiel in Parallelen

Am 10. Dezember 1921 wird Christine Brückner in Schmillinghausen bei Arolsen geboren und auf den Namen Elisabeth Alma Luise Gertrud Helene Christa Emde getauft. Ihrem Geburtsort bleibt sie zeitlebens eng verbunden und ist nach ihrem Tod, am 21. Dezember 1996, zu ihm zurückgekehrt. Sie ruht auf dem Friedhof von Schmillinghausen neben dem Grab der Großeltern und an der Seite ihres Mannes.

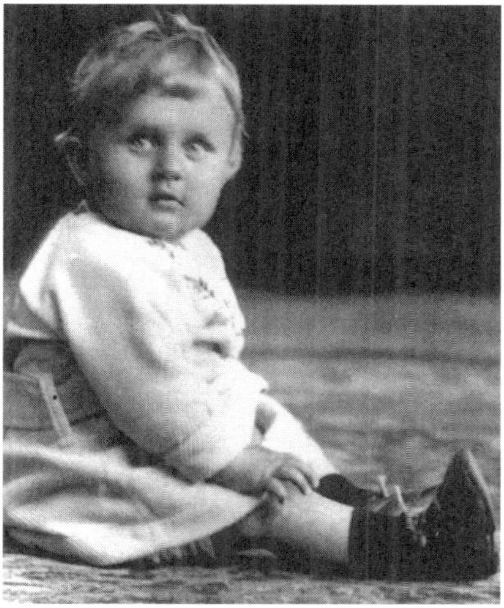

Otto Heinrich Kühner stammt aus Nimburg am Kaiserstuhl, wo er am 10. März 1921 geboren wird. Schüler in der Schule des Lebens, wie es in einem seiner Gedichte heißt, und vielfach belehrt über Freud und Leid sowie den Nutzen von Haaresbreiten, verstirbt er knapp zehn Wochen vor seiner Frau, am 18. Oktober 1996.

Christine Brückners Vater, Carl Emde (1867–1940), war Pfarrer in Schmillinghausen, wo schon der Großvater als Lehrer wirkte. Nachdem der Bekennende Christ Emde in den Konflikt mit den Deutschen Christen geriet, mußte er 1934 aus dem Pfarrdienst ausscheiden. Die Familie zog nach Kassel. Die Mutter Clotilde, geb. Schulze (1878–1959), hatte, bis zu ihrem Eintritt ins Pfarrhaus auf dem Lande, an der Seite ihres Vaters, eines Gas- und Wasserwerksdirektors aus Unna, ein eher weltläufiges Leben kennengelernt.

Kühners Vater, Gustav Rudolf (1884–1965), war seit 1910 mit der Verwaltung verschiedener Pfarreien im Markgräflerland, Odenwald und am Kaiserstuhl betraut. Nicht zuletzt, um seinen Söhnen eine höhere Schulbildung zu ermöglichen, wirkte er ab 1925 als Religionslehrer in Pforzheim und Heidelberg und wurde bald zum Studienprofessor ernannt. Die Mutter Luise, geb. Lang (1890–1963), war Tochter eines Brauereibesitzers aus Diedesheim am Neckar.

Christa, rechts neben einer Cousine im Wagen vor dem Pfarrhaus im Jahre 1926; stehend die drei Jahre ältere Schwester Ursula, später eine promovierte Deutschlehrerin.

Otto Heinrich im Pfarrgarten mit den drei älteren Brüdern Fritz, Gustav und Ludwig, die alle drei Mediziner wurden; Fritz ist kurz vor Ende des Krieges gefallen.

Nachdem das Elternhaus beim Bombenangriff auf Kassel am 22. Oktober 1943 zerstört wurde, flieht Christa mit der Mutter zu deren Bruder Wilhelm Schulze nach Zuchow in Hinterpommern. Die einprägsame Zeit auf dem Rittergut findet später Ausdruck in »Jauche und Levkojen« (1975), dem ersten Band der Poenichen-Trilogie.

O.H.K. ist von 1940 bis zum Kriegsende Soldat an der West- und Ostfront. 1943 wird der junge Leutnant nach Rußland beordert, wo er das Kommando über eine Kosakenschwadron erhält. Aus dem in dieser Zeit geführten Tagebuch entsteht Kühners erster Roman, »Nikolskoje«, aus den Gedichten in russischer Kriegsgefangenschaft das Lyrikbändchen »Am Rande der Großstadt« (beide 1953).

Nach Bibliothekarsexamen, kunst- und literaturwissenschaftlichen, psychologischen und volkswirtschaftlichen Studien und verschiedenen Tätigkeiten in Marburg ist Christine Brückner 1951 ein dreiviertel Jahr lang Redakteurin der Zeitschrift »Frauenwelt« in Nürnberg; sie eignet sich dabei auch als Fotomodell.

O.H.K. ist, nach dem Studium der Literatur- und Musikwissenschaft sowie der Philosophie in Heidelberg, seit 1950 Dramaturg beim Süddeutschen Rundfunk in Stuttgart. In dieser Zeit entstehen neben Hörspielen (u.a. der berühmten »Übungspatrone«, 1950) auch die ersten Buchveröffentlichungen, für deren Werbung dieses Bild eines jungen Künstlers gemacht wird.

1948 wird Christa Emde in Schmillinghausen mit dem Designer Werner Brückner (1920–1977) getraut. Sie kennt ihn bereits vier Jahre. 1954 wird Brückner Mitbegründer des »Studios für moderne Industriegestaltung« in Düsseldorf, wo das Paar die erste gemeinsame Wohnung bezieht. Die Ehe währt zehn Jahre, man trennt sich in Freundschaft.

O.H.K. heiratet 1955 seine Lebensgefährtin, die Journalistin Hansi Klehmet (1918–1984). Die Ehe wird 1967 geschieden. Das Bild entstand Weihnachten 1957 und zeigt, neben dem Paar, den gemeinsamen Sohn Florian (geb. 1955) und die Stieftochter Constanze (geb. 1949).

1954 findet in Bad Godesberg eine Tagung statt unter dem Motto »Verleger stellen junge Autoren vor«. Christine Brückner, gerade preisgekrönt für ihren Erstling »Ehe die Spuren verwehen«, und Otto Heinrich Kühner – hier auf dem Weg zur Godesburg – treffen ein erstes Mal zusammen.

Aus dem gegenseitigen Interesse ist Liebe geworden. 1967 schließen beide die für sie letztgültige Ehe. Kühner zieht ins Reihenhäuschen in der Auefeldsiedlung, das c.b. 1965, fünf Jahre nach ihrer Rückkehr nach Kassel, erworben hat. Es beginnt eine innige Zeit als der »einzige funktionierende Autorenverband« (c.b.).

Das Leben in der ›Dichterwerkstatt‹ auf 232 m² Grundbesitz wird unterbrochen durch ausgedehnte Reisen und Wanderungen. Sie liebt den Süden (Patmos, Ägina, Ischia, Hvar), er den Norden (Lappland, Schottland, Island), nachzulesen in dem gemeinsamen Buch »Erfahren und erwandert« (1979). Durch die Vogesen wandern sie zusammen mit dem Dichterfreund Hermann Lenz.

Fünf Stundenkilometer als dem Menschen gemäße Reisegeschwindigkeit – wer so empfindet, wandert und spaziert, auch daheim im Park der Karlsaue. Davon zeugt das Reisebuch, aber auch das letzte gemeinsame Projekt »Deine Bilder/Meine Worte« (1987).

Von 1980 bis 1984 ist Christine Brückner Vizepräsidentin des deutschen PEN und kümmert sich in dieser Eigenschaft besonders um »Writers in Prison«. Das Foto zeigt die Frauen im neu gewählten PEN-Vorstand: Ingeborg Drewitz, Dorothee Sölle, c.b., Geno Hartlaub (v.l.n.r).

1982 vergibt die Stadt Kassel durch ihren Oberbürgermeister Hans Eichel den Wappenring an die beiden Schriftsteller. Kassel ist den beiden zur Heimat geworden. Zwei Jahre später verpflichten sie sich zur Stiftung eines Literaturpreises, der den Namen der Stadt trägt. Christine Brückner wird 1988 auch Ehrenbürgerin von Kassel: »Ein fröhliches Geben und Nehmen« (c.b.).

Christine Brückner als Stifterin, Otto Heinrich Kühner, Schöpfer des Pummerer, als Anstifter: 1984 wird der »Kasseler Literaturpreis für grotesken Humor« ins Leben gerufen, der heute mit 10 000 Euro dotiert ist. In der Rede anläßlich der Stiftungsgründung hielt O.H.K. den Humor für ein »brauchbares Sozialprogramm«, und c.b. erhoffte sich: »Wenn ein Lächeln über die Gesichter ginge, wenn das Wort Kassel fällt – die Stadt, in der man den grotesken Humor preist! – Was für eine Vision.«

Nach Autoren wie Loriot, Ernst Jandl oder Irmtraud Morgner heißt der Preisträger 1993 Christoph Meckel (neben den Stiftern: Oberbürgermeister Georg Lewandowski). Ihm folgen bis heute viele »ausgezeichnete« Autoren, zuletzt George Tabori und Franz Hohler. Das Paar hat sein Erbe der Stiftung vermacht, die damit erweitert tätig wurde. Sie betreibt Projekte im Bereich komischer Literatur und internationaler neuer Poesie. Aber natürlich stehen die Stifter weiterhin im Mittelpunkt: Ihr Wohnhaus ist nicht nur Sitz der Stiftung, sondern auch ein kleines Literaturmuseum geworden.

1995, das letzte Jahr. Seit Mitte der achtziger Jahre gilt die Sorge Kühners Gesundheit, die von einem Hirntumor und daraus resultierenden Operationen stark beeinträchtigt wird. Nach der letzten Kopfoperation muß er in ein Pflegeheim. Christine Brückner beendet ihre literarische Produktion. O.H.K. stirbt am 18. Oktober 1996. Drei Tage später diagnostizieren die Ärzte einen bösartigen Hirntumor bei Christine Brückner, sie folgt ihrem Mann am 21. Dezember nach. Beide haben ihr 75. Lebensjahr vollendet.

Das gemeinsame Grab in Schmillinghausen. Die beiden waldeckischen Sandsteine wurden einer alten Treppe auf dem Grundstück der Dorfkirche entnommen. Auf ihnen hat die kleine Christa sicherlich an warmen Sommertagen gespielt. So verweisen sie auf die Herkunft der beiden Schriftsteller aus Pfarrhäusern und auf die religiöse Lebenseinstellung, die sie teilten.

27. II. 68

Ein kleiner Brief – per Boten! – von meinem Studierzimmer ins Krankenzimmer meiner lieben Frau!
Immer noch will ich Dir den schönsten Liebesbrief der Welt schreiben, aber – ach – ich weiß, daß ich dazu nur Worte zur Verfügung habe! Aber schon, indem ich Dir den schönsten Liebesbrief der Welt schreiben *will*, hab ich es schon getan. Einander Engel zu sein! Wie erlebe ich's so konkret, wenn Du krank bist. Ich fühle, wie es mein Leben segnet, wenn ich für Dich da sein darf. Welch ungeheures Ereignis des Menschseins: diese Gattenliebe! Ein doppeltes Leben. Dein Schicksal ist auch meins. Deine Trauer die meine, Deine Freude die meine! Und daß unsere beiderseitige Liebe zusammenfiel! Wie selten ist das! Ich fühle das Wirken Gottes: eine Frau für *alle* Bereiche der Zweisamkeit: zum Verlieben, zum Heiraten, zum Altwerden und für die Ewigkeit. Und das alles in *einer* Person, in Dir!
Liebstes!

Dein Mann

Bescheinigung

Hiermit bescheinigt der Endesunterfertigte der Christine Kühner, daß sie großes technisches Verständnis besitzt, womit alle bisherigen entgegenlautenden Behauptungen widerrufen werden.

O. H. Kühner

Kassel, 29. VIII. 68

CHRISTINE BRÜCKNER
35 KASSEL
HANS-BÖCKLER-STR. 5

Weihnachtsgratifikation für
Herrn Otto Heinrich Kühner, gen. Pummerer
für gewissenhafte und freundliche Mithilfe im Hause
Hans Böckler Str. 5
in Höhe von DM 150.– (in Worten: einhundertfünfzig)
Kassel, 15. Dezember 1969 gez.
Christine Brückner

OTTO-HEINRICH KÜHNER
35 KASSEL
HANS-BÖCKLER-STR. 5

Kassel, 15. XII. 69

Weihnachtsgratifikation in Höhe von DM 150.– (in Worten: einhundertfünfzig) für Frau Christine Kühner, Kassel, Hans-Böckler-Straße 5, für getreuliche Versorgung ihres Ehemannes, fleißige Mitarbeit und berufliche Unterstützung desselben.
O. H. Kühner

Freitag nachmittag
Du mein Liebstes auf der Welt! 2. X. 70

Gerade habe ich eingekauft bei ›A‹ und ›Ω‹, im Lädchen für meine leibliche Existenz. – Bei solchen Unternehmungen wird mir immer bewußt, wie vieles Du mir abnimmst an Verrichtungen und Besorgungen für des *Leibes* Wohl und daß Du diese Doppelbelastung auf Dich genommen hast. Und wie vorzüglich Du das machst! »Was habe ich Glück gehabt!«, das will ich an allen Tagen, seit wir vor drei Jahren heirateten, immer wieder vor mich hin jubilieren. Und erst die *Seele*! Die Ruhe, der Frieden! (Was ist dagegen der graue Alltag! Nichts! Unwichtig!) Und erst der *Geist*! Unser Gebet füreinander! Unsere kollegiale Hilfe! Daß wir einander brauchen! Daß ich Dich trösten darf in Deinen Kümmernissen! (Du brauchst sie mir nicht zu verschweigen. Sie binden einen ja ebenso – und mehr! – aneinander wie das Glück.) Was habe ich Glück gehabt! Und ich habe noch keine Sekunde bereut, daß ich vor drei Jahren beschloß, für immer zu Dir zu kommen. Dies statt eines Blumenstraußes!
Ab acht Uhr sehe ich meist fern. Welche Idee des Fernsehens! In der Tat! Für Einsame und Alleinstehende! Schafft die Illusion, Leute bei sich zu Gast zu haben. Alte Bekannte, Willy Brandt, Herrn Nowottny und wie sie alle heißen. Sie kommen alle heute abend in unser Zimmer mit der Cordgarnitur ... Schafft mehr Illusion als der Rundfunk und lenkt ab und bildet (bei drei Programmen findet man immer etwas Geeignetes!). Zum Lesen bin ich abends zu müde, aber nicht zum Sehen. Welch segensreiche Erfindung. Und wie töricht jene Leute, die sie verdammen! Ich habe eine Decke auf die Sitzcouch gelegt, damit ich sie vom vielen Draufliegen nicht so abnutze! (Ein Kind meiner Mutter!)
Gott mit Dir! Gute Nacht! Ich hab Dich lieb.

Dein Pummer

Habe Winterastern im Blumentopf besorgt, die den ganzen Winter blühen. Heute riß der Gewittersturm viele Herbstblätter von den Zweigen. Aber wir fahren noch einmal in den Sommer! Nach Süden!

Sonnabend

Herzele!

Das hast Du aber gut dosiert! Zum Sonntag, d.h. zum Samstag einen ganzen Brief, weil er für zwei Tage reichen muß. Ohne zu zögern, gehe ich jetzt immer nach dem Morgen-Vortrag zur Truhe in der Pforte und hole mir meinen Brief. Sonst erfahre ich nichts aus der Welt! Keine Katastrophen demnach, sonst hätten wir es im Gebet erfahren. Auch das sind: Gebetserfahrungen!
Der Herbststurm rüttelt an uns, das Kloster liegt hoch, ich wohne unterm Dach, er läßt mich nicht schlafen, der Regen durchnäßt uns – kaum, daß er mal für eine Viertelstunde nachläßt. Nun sind alle Kastanien von den Bäumen, eben ist eine Schwester im Arbeitshabit, mit hochgesteckten Röcken und flatternder Haube, dabei, die Birnen von einem hohen Birnbaum zu ernten. Sie hat die Leiter verlassen, steigt in den Ästen, kämpft mit Röcken und Korb und Ästen und Sturm (ich sehe von meinem Fenster aus in die Gärtnerei und drüberhin: das Weserbergland, von dem ich nur diesen einen Ausblick kennenlerne).
Pummer – ich müßte doch als Rezitativ oder Antiphon (?) Dein »Was hab ich Glück gehabt« wiederholen! Ich bin wohl die Glücklichste hier, zumindest am Rande des Klosters. Innerhalb? Da mag es anders sein. Der Anschein ist heiter und still, jedes Gesicht!
Sammelst Du denn mal die Birnen auf, die der Sturm abschlägt? Gießt Du denn wohl die Blumen an jedem 2. Tag? Ach, hast viel zu tun!
Kaufst Du denn fürs Wochenende ein? Vielleicht einfach bei A + O einen nicht so kleinen Hahn? Tust ihn unten in den Kühlschrank? Salat? Und Brot und Käse und Butter und Wurst und Obst – das kannst Du ja nun wieder alles. Junggeselle! Vagabund! Vielnutz! Lieber! Gut, daß das Fernsehen sich Deiner Abende annimmt. Bei uns erscheint heute eine Dame vom Süd-

westfunk, die will Reportagen übers »Kloster auf Zeit« machen. Ich wollte, ich könnte mich fernhalten, werde aber wohl nicht, immer zieht man mich heran. Man hat mich bereits gebeten, noch einmal zu kommen und dann vorm Konvent zu lesen, wenn die Mutter Äbtissin da ist (jetzt ist sie es nicht).
Es wird übers Geld geredet! Einige wollen 20.– /24.– für den Tag zahlen, was für den armen Bovist reichlich viel ist. Es sind ein wenig Unstimmigkeiten im Kreis, ich versuche zu vermitteln, das wird wohl nichts nutzen, strengt mich aber an. Das ist auch schade. So rasch, so ohne Mühe, entsteht wohl keine Gemeinschaft –
Nach wie vor gehe ich gern zu allen Horen, zur Messe, zum Offizium, das wird mir auch nicht zuviel. Nur die Laudes früh um 3/4 7 lasse ich meist aus.
Ob wir denn noch irgendwo SONNE antreffen?? Wir fahren halt immer weiter ... Sprachst Du mit dem Jünger Johannes? Sind seine beiden Frauen zurück, akzeptiert die eine unseren Plan? Ohne das wird es ja nicht gehen.
Nun will ich mir mal mein Pensum vornehmen. Ach – ich muß ja auch versuchen, den Briefkasten zu erreichen! Sonntags wird er nur früh vor 8 Uhr geleert. Warum schreibt uns denn keiner mehr?? Das hab ich aber gar nicht gern! Auch hier nicht! Dir könnten sie doch schreiben. Gehst Du ausreichend spazieren?? Wieder nachts, wie früher? Gar nicht mehr zur Hasenwiese?
Ich glaube, wir wollen uns doch nicht wieder trennen. Ich versuche, mit ganzem Herzen hier zu sein, aber zumindest die kleinere Herzkammer, die ist doch bei Dir!
Und nun leb wohl! Hab eine schöne, ertragreiche Woche. Gott behütet Dich!
Darf man ihm aus dem Kloster Grüße schicken –? Soll ich mal fragen –?

Deine Deine Deine Deine Deine
c.b.

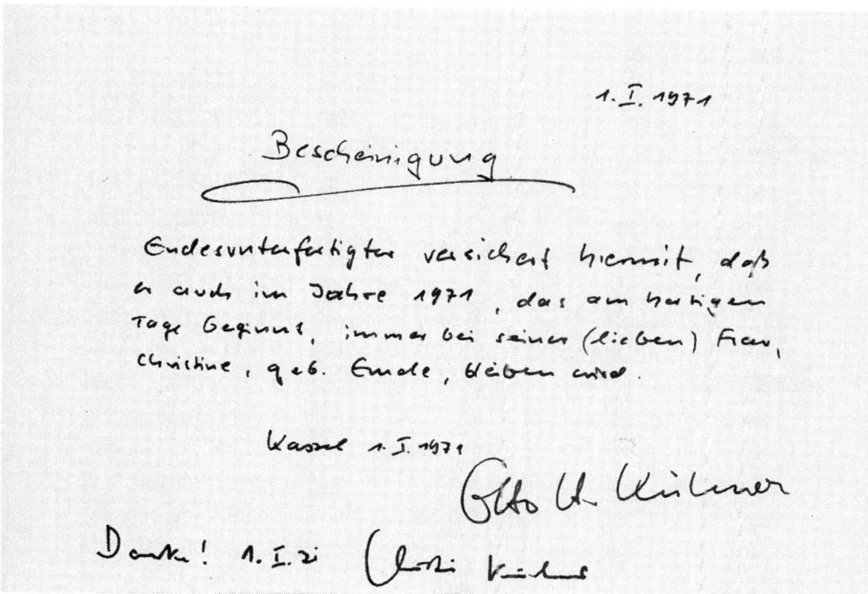
1. I. 1971

Bescheinigung

Endesunterfertigter versichert hiermit, daß er auch im Jahre 1971, das am heutigen Tage beginnt, immer bei seiner (lieben) Frau, Christine, geb. Emde, bleiben wird.

Kassel 1. I. 1971

Otto H. Kühner

Danke! 1. I. 71 Christine Kühner

Bescheinigung

Endesunterfertigter versichert hiermit, daß er auch im Jahre 1971, das am heutigen Tage beginnt, immer bei seiner (lieben) Frau, Christine, geb. Emde, bleiben wird.

Kassel, 1. I. 1971

Otto H. Kühner

Danke! 1. I. 71 *Christine Kühner*

Im Winter 1972

Liebstes! Kerilchen!

Eigentlich hätten mir die Krähen ja anzeigen müssen, daß Dörfer in der Nähe sind. Und es waren auch! Versteckt hinter Bodenwellen, verdeckt von leichten Erhebungen, ein leicht gewelltes Land, wie von einem Sommerwind geschaffen. Aber jetzt pfeift der Ostwind über die nackten Felder, treibt kleine Schneeflocken vor sich her, reißt am Riedgras, pfeift in kahlen Obstbäumen … und mitten darin: Otto Heinrich Kühner, fest verschnürt und verpackt gegen den Wind, auf dem Weg über die winterlichen Felder auf gefrorenem Feldweg zu dem Pfarrdorfe Bredelen, um dort in der Amtsstube mit dem Pastor Pfeifer (67) und dem Bauern Achilles (65, zehrend vom Altenteil, Kirchenvorsteher), auf dem pfarrherrlichen Sofa sitzend (seither bevölkert wieder ein Hundefloh meine Unterkleider; Achilles, neben mir sitzend, hat Jagdhunde!), eine Plauderstunde zu halten; die Frau Pastor, eine Französin, die kein Wort Deutsch spricht, von dem ehemaligen Militärpfarrer in Frankreich ebenvondorther heimgeholt ins Reich, zeigte sich aber nie, nur französische Worte aus dem Nebenzimmer, hat Arthritis und vielleicht Lockenwickler (?) im Haar …
Einen Tag später …
Und inzwischen weiß ich, daß die Krähen nicht unbedingt die Nähe eines Dorfes anzeigen, sondern besäte Felder! (Saatkrähen!) Und hier muß einmal vor vielen vielen Jahren Schlachtenlärm gewesen sein (unvorstellbar bei dieser Stille!). Die Schlacht bei Lutter am Barenberge (30jähriger Krieg 1626), und dieses Lutter liegt gleich hinterm Wald, drei Kilometer von hier, und Gandersheim, wo unsre Kollegin (›Deutsche Schriftstellerin‹, Äbtissin des Klosters, Roswitha mit Namen) herstammt, liegt auch nahe, sowie das Grab unsres Kollegen, meines Ahnherrn, Wilhelm Busch …
Inzwischen ist auch alles nicht mehr so sehr einsam wie am

ersten Tag, wo alles in Nebel gehüllt war, das Land, der Wald, die Felder, die Seele. Der Wald ist jetzt näher, ich kenne meinen geometrischen Ort, weiß, daß die Landstraße nicht ins Endlose führt, sondern nach Upen und Othfresen, daß hinterm Wald Leute leben, sogar ganz dicht aufeinander, sogar in Tuchfühlung mit mir wie gestern (Samstag-) Abend im Saal des Dorfgasthauses, wo ich bei der Jahreshauptversammlung der freiwilligen Feuerwehr zwischen breitrückigen, blaubetreßten Feuerwehrleuten saß bei Bier + Schnaps = Kater …
Es geht mir, wie Du siehst, sehr gut. Ich sitze jeden Vormittag auf dem Hotelzimmer, schön warm, mit Tisch (!), den Nußbaum vorm Fenster, notiere, was ich nachmittags und abends jeweils in den Dörfern gehört und gesehen habe. Im Gegensatz zu Dir kann ich mich ja in jedes Zimmer, wo es auch sei, setzen und schreiben, das Ungewöhnliche, Neue belebt sogar meinen Geist (ich werde doch nicht wie Stefan Zweig ein Hotelzimmer-Schreiber sein?).
Die Welt ist schön und interessant, das Leben lebenswert, und ich habe den liebsten Menschen auf der Welt, dort drüben 150 (?) km entfernt, SSW hinterm Wald, meine liebe Frau!! Hoffentlich bist Du auch so gut aufgehoben wie ich, so warm und unter freundlichen Menschen (das ja auf jeden Fall!). Die Romanhandlung schält sich heraus, der Geist soll gütig sein, vorerst steht noch ein treuer Knecht im Mittelpunkt – das gibt es noch: Treue und Knechte, nur heißen sie heute Landarbeiter oder Treckerfahrer (früher Tagelöhner oder Gespannführer). Die einzige Krux noch: ich will und muß Landwirte als meine Leser voraussetzen, muß mich also zwischen formaler Ambition und Geradlinigkeit hindurchlavieren …
Der Floh traversiert gerade die Wade des rechten Beins, gewissermaßen ein Sonntagvormittagsspaziergang! Auch gestern wieder zu Fuß (auf eigenen Wunsch, sonst würde ich ja immer nur Auto fahren) einige Kilometer bei Frost (–10°)

und eisigem Wind über die Felder nach Ostharingen gegangen – ich finde das herrlich!
Bald wieder Weiteres! Du Allerliebstes. Und gestern (Samstag vormittag) lag bereits Dein Brief für mich auf dem Tisch. Gefreut hat der mich wohl!
Ich küsse Dich

Dein Pümmer

am 3. Februar 72
im Kloster Herstelle

Herzele – Du Liebster!

Was bin ich so froh, daß es Dir gutgeht, dort, wo Du bist! Bist Du am Ende doch ein Vagabund? Ein domestizierter? Täte es Dir besser, häufig unterwegs zu sein – ? Dann müssen wir das beachten! Ich fühle mich gar nicht fern von Dir, sondern ganz nahe, ich trage Dich hier so innig bei mir. Wenn wir dann wieder beisammen sind, werde ich dann allerdings finden, daß ›anfassen‹ doch sehr wichtig und schön ist! Und manchmal vermisse ich auch den Platz an Deiner Schulter!
Noch wehte durch Deinen letzten Bleistift-Brief kalter Ostwind! Inzwischen werden es Frühlingswinde sein wie hier, Kopfwehwetter, dort auch? 3 Tage braucht so ein Brief für diese (geschätzten) 150 km! Die einsamen Krähen zogen also nicht ›schwirren Flugs zur Stadt‹, sondern waren dort zu Hause? Die einsamen Telegrafenmaste haben bei größerer Helligkeit Anschluß an andere Telefonmaste gefunden? Mein Pummer hat auch Anschluß gefunden? Sitzt neben Kirchendienern und Feuerwehrmännern auf Sofas und Bänken, trinkt Schnaps und Bier! Vagabund! Streuner! Und Flöhe hast Du auch wie ein Landstreicher! Ich würde als Publikum (Herr Kollege!) nicht Landwirte ansetzen, Du wirst ›über‹ sie, nicht unbedingt ›für‹ sie schreiben. Bedenk das! In Elze merkte ich, daß man da gar nicht ›runter mit dem Niveau‹ gehen muß. Man muß nur auf literarische Mätzchen verzichten, Du kannst es natürlich auch literarische Ambitionen nennen, aber es sind am Ende Manierismen, die einen Augenblickserfolg bringen können, Interesse wecken, aber am Ende ist wichtig nur, daß man was zu sagen hat …
Wir feierten gestern Lichtmeß, Darstellung im Tempel, Ende der Weihnachtszeit. Feierliche Lichterprozession durch die Gänge des Klosters, die wir Zeit-Schwestern sonst nicht be-

treten. Ich beteilige mich lebhaft, manchmal hab ich Sorge, daß ich mich zu sehr in den Vordergrund spiele – aber eigentlich holt man mich dahin. Langes Gespräch im Kloster-Salon mit der Mutter Beatrix, langes Gespräch mit einer sehr gebildeten, promovierten Klosterfrau, die viel publiziert. Über sie werde ich wohl schreiben, ich hoffe, daß ein weiteres Gespräch möglich ist. Meine Unwissenheit in geistlichen, monastischen Dingen bleibt weiterhin groß! Kaum ein Spaziergang! Das will ich aber in den nächsten Tagen ändern. Mit diesem Brief werde ich gleich losziehen, dann bleibt noch eine gute halbe Stunde bis zum Mittagsoffizium. Samstag abend werde ich wohl während der Recreation vorm Konvent lesen. Besorgten Herzens. Zunächst lieferte ich mal »Bella Vista« zwecks ›Zensur‹ an der Pforte ab, schlug die »Barbara Gumbinger« vor und »Die Heimkehr des jungen Ladarge«. Aus der »a.p.« kommt wohl doch nichts in Frage. Von hier aus sieht alles sehr verändert aus … Müßte man so schreiben, daß jedes Wort auch hier Gültigkeit hätte –? Ich glaube das nicht. Es sind zwei Welten; beide sind mir lieb.
Ich schrieb nach Nieste, ob man mich holen kann und mag, sonst muß ich mich wieder Lebers erbärmlichen Möglichkeiten anpassen. Keine Zeitung! Kein TV – ich habe keinerlei Vorstellungen, was in der Welt derweil geschehen ist. Überraschend ist, daß das Verlangen auch nicht besteht. Trotzdem kehre ich gern in unser Häuschen zurück. Dies wird aber wohl ein geistliches Zuhause bleiben, in das ich manchmal einkehren will, falls wir nicht einmal zusammen nach Beuren gehen? Du mit in die Klausur und ich ins Gästehaus? Dann träfen wir uns zu den Gottesdiensten und zu Spaziergängen – – möchtest Du das?
Und nun überlasse ich Dich wieder den Landleuten! Roswitha von Gandersheim und Wilhelm Busch sind nahe? Das ist keine schlechte Umgebung!!
Wie lange willst Du denn bleiben? Weißt Du das schon?? Soll ich ganz leise (und Du mußt ja auch gar nicht hinhören!) sa-

gen, daß es schön wäre, wenn Du dann auch bald wieder ins Häuschen kämest …?
Mein Liebster, Du! Gott behütet Dich!
Ich bin so gerne Dein

Kerilchen

Am Freitag nachmittag
4. 2. 72

Mein Co-Poet!

Du schreibst sehr literarische, sogar poetische Briefe vom Lande! Ich sehe kommen, daß ich in 10 Jahren den zweiten Teil der »a.p.« schreiben muß! Ich bewahre sie getreulich auf, Formulierungen sind gewiß für die Buddenbrooks zu verwenden. Das gefällt mir alles sehr mit Deinem Harhof! Und daß man Dich respektiert und ehrt, gefällt mir besonders! Du liest also bereits in der Landvolkshochschule in Goslar, von der man mir soviel Lobendes in Elze erzählte. Mach Deine Sache gut! Warum hast Du denn auch den »Pummerer« nicht mitgenommen!!! Beim Buchhändler nicht aufzutreiben? Wie weit ist überhaupt Goslar entfernt …? Aber »Pastorale« ist natürlich für das Publikum besonders geeignet!
Herzele! Pümmer! Die mancherlei und neuhochdeutsche Lautverschiebung des »Kerryllchens« mußt Du mir dann auch noch mal erklären!
Ich kann schon wunderschön psalmodieren! Und ganz gemessen zum Altar schreiten. An der Kommunion nehme ich nun doch wieder nicht teil, ohne erklären zu können, warum. Ich bin merkwürdig scheu. Bisher hat keiner gefragt …
Bis zur nächsten Mitteilung aus dem Kloster:

Dein Kerryllchen

Keinen Aufsatz geschrieben! Nur ein paar Notizen! Muß alles in Kassel geschehen. Schlimm? Schlimm!

Ostern 1972

»Christ ist erstanden!« Er ist wahrhaftig auferstanden! Immer wenn ich auf dem Weg zum oder vom Krankenhaus an Deinem Elternhaus vorbeikomme, weine ich innerlich vor Glück, daß Deine Eltern Dich mir geschenkt haben, daß Gott Dich mir am 21. März 1972 wiedergeschenkt hat, und es ist wie ein stilles Gelöbnis an sie: Ich will Eurer Tochter ein guter Mann sein, sie lieben und behüten, seid getrost, das, was Euch das Liebste war, ist auch mir das Liebste, dieser Weg zum Krankenhaus ist mir der liebste Gang, ich freue mich darauf, ich merke daran, wie ich sie liebe, so wie ich bei dem Unfall zum ersten Mal nachweislich (denn vorher hätte eine solche Bekundung reine Theorie sein können) spürte: Ich liebe sie mehr als mich, *ihr* Leben war mir wichtiger als meines …

Das also sage ich zu Deinen toten, lebenden Eltern in ihrer Welt, aus der sie als Schutzengel mit und neben uns sind (»Gott hielt uns in *beiden* Händen!«), und dann bete ich leise und sage weiter: Vielleicht läßt uns Gott noch 10 oder 20 oder 30 Jahre zusammen auf dieser seiner Welt leben, in Freude, Arbeit, Liebe und Glauben und auch einmal in einer anderen Welt, die ebenfalls seine Welt ist, der Welt unserer Eltern.

Christ ist wahrhaftig auferstanden …

Das also sage ich zu Deinen Eltern, die auch die meinen geworden sind, Du liebes Pfarrerstöchterchen aus Schmillinghausen.

Dein Pummerer

Gespräch mit Chr.

Das Unrecht der Seerose, die nicht ist! ...
Wie der ferne Zug in der Nacht – – –
Ich bin – durch Dich – nicht mehr so wichtig.
Die Rose und der Mond sind nur durch Dich.
Es kommt nicht auf mich an.
Deine zarte Hand, mit Haut benetzt ...
Die Einsamkeit der Pappel!
Die Zeit macht sich des Vergehens schuldig.
Besser als ein Gedicht über die Pappel ist die Pappel.
Und dennoch schreibe ich dies auf.
Du hast mich nicht nur die ferne südliche Bucht gelehrt,
auch die Nähe des Farnkrauts
Die Zeit vergeht sich an uns.
Die Rose ist so schön wie gemalt.
Hinter dem Horizont geht ein Mann die Treppe hinauf
Ich werde mir die Vormittage, die Nachmittage, die Abende
und Nächte immer für Dich freihalten
Wir werden die Silhouetten von Pappeln, Schlössern und
Kapellen kaufen und werden in mehreren Seen und Bäumen
leben
Wenn man liebt, wird *alles* größer, die Freude, der Schmerz,
Gott.
Die Seerosen schlüpfen zum Schlaf bei sich selber unter
»Herr, bleibe bei uns, denn es will Abend werden, und der
Tag hat sich geneiget«
Die ›Fügungen‹ des Zufalls!
Warum fürchtet sich die Meise vor mir?
Und dennoch tausche ich den Sommer für ein Wort von
Dir ...

... *ich* erzeuge beim Schreiben Spannung vom Stoff her, *Du* von der Sprache – das ist dichterischer.

Indem ich alle meine Bekannten durchgehe und mich frage, welchen davon ich wohl zum Freund haben möchte, so komme ich ausgerechnet auf – Werner Brückner.

7. Juni 72

Du lieber Pummer!

So ein zärtlicher kleiner Brief kam aus der Petersilienstraße, und poetisch war er auch! Du sollst aber keine Lyrik (auch keine Petersilienlyrik!) machen, sondern handfeste Bauerngeschichten herstellen, Kollege! Gestern also kam das Sonntagnachmittagsbrieflein, und heute kam nichts, es kam auch sonst noch gar nichts, nicht einmal die H.A., was sie doch wollte.
Der dritte Tag, und somit der dritte, der pünktlich um 13 Uhr anfängt zu gewittern und dann bis zum Abend anhaltende oder kurze Regengüsse bringt, denen die dichtesten Schwarzwaldfichten nicht standhalten. Ab Mittag also Stubenarrest bei Musik, auf dem Bett liegend, Spiegel lesend oder Hebbelbriefe. Da ist so ein Nachmittag aber lang! Gegen Abend breche ich dann wie die Regentrude auf und bringe die Brieflinge an den Kasten. Meine Vorsätze, noch einmal ins Tal zu gehen und vielleicht das Kurkonzert zu hören, was die alten Weisen spielt, das ersehe ich aus dem Programm, scheitert allemal, und abends mag ich von hier oben nicht allein aufbrechen, der Park ist spärlich beleuchtet, unnötig muß ich nicht in Gefahr.
Gestern suchte ich den Herrn Doktor auf, der sich freundlicherweise an mich erinnerte und die reizendsten Komplimente machte, die aber alle alle Dir galten! Von dem er ja nichts ahnen konnte! Sie sind so anders, sagt er, schöner, heiterer (so weit ging er!). Untersuchte tüchtig, fand auch den zweiten Lendenwirbel beschädigt, so daß es für eine Lähmung ausgereicht hätte, und die Brustwirbel sind auch ein bißchen zusammengedrückt … na! Nun soll das alles von oben bis unten behandelt werden, meine Bewegungsfähigkeit ist tatsächlich begrenzter, als ich wußte, hab mich ja auch wenig bewegt.
Heute vormittag war ich zum ersten Mal im Thermalbad. Da

kriegt man eine Nummer und sitzt dann eine Stunde, bis eine Kabine frei wird, und dann durfte ich mich zehn Minuten in den lauwarmen Becken tummeln – vorerst nicht schwimmen! –, und dann hab ich da fast noch eine Stunde draußen gelegen, und die Sonne schien da wahrhaftig ein wenig. Diesmal geriet es mir, anschließend zum Essen zu gehen, das tat ich im ›Ratsstüble‹, das geht an, aber mit dem obligaten Bierchen kriegt man kein Tellergericht unter 10,–. Ich gebe auch die Dotationen (heißt das so, Herr Humanist?) nicht unbekümmert aus.
Wie machst Du das nur, daß Dir andernorts was einfällt?? Kein Sterbenswort fällt mir hier ein. Hättest Du diesen dikken Kirschbaum (ich sitze in der Höhe der Krone vor bzw. hinter ihm; Haus liegt am Hang, ich steige die Treppen hinunter, wie weiland in Delphi, dort, wo damals Itea lag, wo die Ölbaumhaine im Mondlicht schimmerten, da rauscht, durch den Baum verborgen, die Enz weit unten) – hättest Du diesen Kirschbaum vor Augen, Du hättest ihm sicher schon einen Vers angehängt …
Manchmal denk ich, ob wir das Geld nicht in den Beutel hätten tun sollen und nach Forio fahren, per Liegewagen, kleine Wohnung mieten, da hätte ich auch thermal baden können, die Sonne hätte mir aufs Fell geschienen, wir wären zusammengeblieben – – aber natürlich: die Bauern: die Geldgeber der c.b. hätten blankes Vergnügen gewiß nicht bezahlt, und schwimmen dürfte ich auch nicht. Also c.b. – laß das! Wildbad geht auch, sonst wär es hier ja nicht so überfüllt. Gäste im Haus? Da red ich brav, wenn ich beim Frühstück jemanden sehe. Aber wenn einer sagt: Wenn jemand den Wehner mit ner Latte tothaut, gäbe ich noch 10 Mark für die Beerdigung – – egal, wen sie tothauen, aber *so* unterhalt ich mich nicht gern.
Ach – es regnet immer in meine Briefe hinein! Dabei ist das Haus dicht und K.K.s Schirm auch, ich krieg ihn auch auf und zu, wenn ich lang genug unter einem Baum hantieren

kann. Wenn wir beide um unseren See gingen, den Hasen und Schwänen zusahen, war alles heiter, und ich kam mir schon so leistungsfähig vor! Ich frage mich, wieso sich das viele Regenwasser in der Erde in Thermalwasser verwandelt?? Kannst Du mir das erklären? Oder sitzen die Thermalquellen viel tiefer, näher beim Feuer – ? Hoffentlich verregnet nun das Wochenende im Pfüngelchen nicht auch? Aber lustiger wird's dort allemal sein. Dumme Christine! Ob ich einfach nur Heimweh hab? Nach diesem lieben Pümmer, dem Häuschen, all dem Vertrauten, den Freunden? Der nächste Brief wird besser! Beschtimmt! Schwarzer Milan im schwarzen Adler?! Wohnst Du angemessen? Mit Komfort? Nettem Gastzimmer? Leb wohl! Bald hörst Du wieder und dann Heiteres, Trockenes von dem Bovist!
Ich bin sehr froh, Deine Frau zu sein!

Deine c.b.

Heidelberg
Bahnhof 14. II. 73 / 10 Uhr 30

Allerliebstes!

Mittwoch vormittag. Ich sitze im Wartesaal des Heidelberger Hauptbahnhofs und schreibe auf den Knien. Habe, von Schefflenz-Neckarelz kommend, eine Stunde Aufenthalt. Jetzt schreibe ich Dir, obwohl Du den Brief erhalten wirst an dem Tag (morgen nämlich), an dem ich wahrscheinlich ankommen werde. Bis jetzt verlief alles fahrplanmäßig. Fuhr von Stuttgart nach Neckarelz, übernachtete dort, fuhr nach Schefflenz zu den Verwandten und übernachtete dort mit der Baskenmütze auf dem Kopf, weil das Zimmer – wie einst in Kindertagen – ungeheizt war. Aber natürlich herzlich aufgenommen, der Dialekt hätte *Dich* allerdings vertrieben.
Und Du? Unser Freund Fontane? Ich habe Sehnsucht nach euch beiden: Wir haben ihn ein wenig allein gelassen! Aber bald nehmen wir ihn wieder auf in unsere Zweisamkeit. Ich wundere mich nur, daß er zwar seiner Frau täglich schreibt (was doch auf Zuneigung schließen läßt), andererseits sowenig herzliche Worte für sie findet …
Du siehst an meiner Schrift, daß sie unruhig geworden ist; ich sitze jetzt in der Eisenbahn zwischen Heidelberg und Frankfurt, komme Dir also immer näher, räumlich, denn geistig bin ich Dir nahe an jedem Punkt der Welt. Und ich halte es auch anders als Fontane und will Dir liebedurchdrungene Sätze schreiben wie: Ich erlebe das Leben durch Dich in seiner schönsten Vollkommenheit. Das soll sich auch künftig in alldem äußern, was ich schreibe. Was ich neulich sagte, ist zweifellos richtig: Das Wesen eines Menschen schafft sich seine Gestalten. Ich kann mir nicht vorstellen, daß die Wohmann ein freundlicher humaner Mensch ist, sonst sähe sie die Menschen freundlich und human …
Ich nähere mich Frankfurt, jener Grenze, wo es keine Butter-Laugen-Brezeln mehr gibt. Ich habe mich im Heidelberger

Bahnhof noch einmal damit eingedeckt (frisch und knusp-
rig) – ich könnte meine Seele dafür verkaufen, wenn nicht
Du sie bereits besäßest.
Ich rufe morgen an, wenn ich meine Ankunftszeit weiß.
Ich komme! Beschtimmt!

Dein Wiederkommer

16. II. 73

Allerliebstes!

Da Du sowenig Post erhalten hast – ein Brieflein von Zimmer zu Zimmer. Ein Verslein.

Mische Dich zu allen Zeiten
In meine inneren Angelegenheiten!
Ich tausche gerne die Völkerschlacht
Gegen eine einzige Frühlingsnacht
(Mit den *Dir* geltenden Amouren
von mehr als 20 Troubadouren)
Platanen statt Fahnen!
Die Sirenen mit Kantilenen!
Und Demonstrationen von Anemonen!
Und alles trunken und panisch!
Liebe Deinen Otto doch manisch!
Sei meines Herzens Kleptomanin!
Sei – bitte! – eine Ottomanin!

Wie lieb ich Dich!
Dein Otto

22. Februar 1974

Mein lieber Liebster!

Es ist natürlich sehr fraglich, ob Ehmke diesen Brief befördert, der sicherlich unter ›Liebesbriefe‹ fällt und demnach Zeit hat, morgen noch gilt, übermorgen, immer – Herzele, Liebes! Ich glaube, ich wäre doch gern in Baden-Baden. Auch wenn es regnet und jetzt ein Wetter um uns ist, das man auf den Müll werfen sollte. Triste-triste, ganzen-Tag-Licht-Wetter! Sehr viel anders kann's in Baden-Baden auch nicht sein, und ob an der Oos schon Schlüsselblümchen blühen – ? Das ist doch sehr fraglich und wenn: dann sieht sie der Pummer vermutlich gar nicht, weil niemand sagt: Sieh mal die Primelchen …

Und Du hast sicher keinen Schirm mitgenommen. Mußt Du einen kaufen, Deiner hat sowieso Löcher, und in Baden-Baden ist man sehr fein! Herr Lau ist lau und Frau Techtel-Mechtel? Und die andren? Belanglos? Nichts von Literatur, nur Effektivität? Gesellschaftsverändert? ALLES IST POLITISCH – ich hab das so satt! Ich muß mich hüten, daß es in diesem ganzen Roman nicht überhandnimmt, die Zeitgeschichte muß an den Rand gedrängt werden. KULISSE, mehr nicht. Merkwürdig, wie schwer das ist. Zum ersten Mal merke ich, wie sehr man der Zeitgeschichte unterworfen ist, wie sehr man in Strömungen hineingeworfen wird und: wie schwer es ist, sich freizuschwimmen …

Natürlich hast Du allen Schlaf mitgenommen! Da lag ich nun und schluckte alle Stunde ein weiteres halbes Tablettchen … dachte über Frühlingsreisen nach … landete am Bodensee, Nähe Meersburg, Überlingen, wo man wandern könnte, Bötchen fahren, Wein trinken. Wir müssen das überlegen bzw. überlingen! Bis zu den 3–4 Tagen Radtour im Mai ist es lange und zu lange! Wo wir jetzt so feines Geld haben! Das jückt mich mächtig. Vielleicht nur eine Woche, nur um einmal tief auszuatmen … Ich bin ein wenig ramponiert. Man

sieht es in den Spiegeln. Und mein lieber Pummer erst! Auch ramponiert, nach diesen schlechten Wochen … Anschließend purzelt es dann nur so aus der Feder …
Wenn Du Dich für ein paar Tage nach Herzogsweiler einladen läßt – auch gut! Alles, was Dir guttut, ist mir recht!
Muß ich heute abend »Mainz wie es singt und lacht« sehen! Na! Soll ich mir ein Fläschchen spendieren? Wenn mich das aber traurig macht – ?
Letzte Nacht fuhr Solschenizin (wie schreibt der sich nur?) durch Kassel, 18.42, aber hielt sich einen Prospekt vors Gesicht. Auf dem Wege nach Norwegen. Jetzt geht er wohl die ganze europäische Speisekarte durch, was ihm am bekömmlichsten ist. Einsamer ist Norwegen, da wird ihm der Schwarm der Reporter wohl nicht folgen …
Sah Auszüge aus Hochhuths Lysistrate – da waren meine Bürgerinnen aber doch geistreicher! Meine ich! Und Christa Wolf hat, verflixt noch mal, ein Eulenspiegel-Buch geschrieben, wie und was, das wurde in TTT nicht recht deutlich. Themen liegen wohl doch in der Luft.
Adieu! Herzele! Bleib oder komm! Alles soll mir recht sein! Ich steh am Bahnhof wie einst, mit offenen Armen und offenem Herzen!
Gott behüt Dich!

Dein Keryllchen

27. VII. 74

Für c.b.
(im Krankenhaus)

Immer wieder sage ich es:
Wenn Liebe gleich Leben ist, dann
lebe ich jetzt. Seit 8 Jahren.
Stunden, Teile der Unendlichkeit:
Die Hochzeitsreise in die bunten Wälder,
Die Mühle im Wald, die Abende am
Geißblattweg, auf den Tempelstufen und
am Waldrand bei der Fütterung der Rehe,
Der tiefverschneite Tannenwald, die
Ostermesse und Messe Toussaint und
das Stundengebet. Felsenmeer, Sonnen-
blumenfelder und Schlittenfahrt, Kammweg
an der Grenze, die Schlucht der Hunde und die Bucht
der Segel. Die Sonne, die das Schloß vergoldet, das
überm Fluß und jenes über der Wiese, die Treppen
zwischen den Magnolienbäumen, der knirschende
Schritt im Schnee des Parks und des Wattensands,
Der Regen unter den hohen Tannen, im heimatlichen
Tal, auf der Pilzwiese. Bienenschwarm,
Burgfelsen, Almwiesen und $\frac{7}{x}$ – – –
Alles Orte der Liebe!
Aber die Sonne ist größer als Griechenland
Und meine Liebe zu Dir größer als die Liebe.

OHK

Ostern 1976

Liebstes! »Holde Gattin!«

Ein Brieflein zu Ostern zu dem Thema, das ich neulich unter meinen Briefen suchte und nicht fand und das ich jetzt rekonstruiere.

Auch mir ging es früher immer nur um das eigene Glück – oft auf Kosten der anderen. Aber dann gewann ich die grundlegende Erkenntnis: Es ist ein größeres Glück, den anderen glücklich zu machen, sich zu freuen an des anderen Freude. Daß ich Dich durch mein Da-Sein glücklich mache, ist der Sinn meines Daseins geworden. Dein Glück steht über dem meinen. Der Gedanke an meinen Tod – dies ist hierfür ja eine Art Prüfstein – bedrückt mich nicht so sehr meinet- als Deinethalben, weil ich Dich allein, d.h. ohne mein Da-Sein, lassen müßte …

Jene entscheidende Erkenntnis hast Du in mir geweckt, und ich habe nach ihr mein Leben grundlegend geändert. Es fiel mir Dir gegenüber sehr leicht, und es lohnte sich, es lohnt sich noch jeden Tag. Freilich, zu jener Erkenntnis gehörte ein gewisses Maß an Reife und hierzu ein gewisses Alter bzw. eine Reihe von Erfahrungen, nicht zuletzt die, daß das, was früher gewesen war, die wechselnden Beziehungen zu Partnern, nicht mehr war als Nervenreize, ein Gesellschaftsspiel, das man endlos hätte fortsetzen können, letztlich unbefriedigt, eben nur ein Spiel; Vertrauen konnte dabei nicht entstehen. Und von jenem, oben genannten, Sinn her bezieht alles, was bis dahin in meinem Leben geschehen war, seinerseits seinen Sinn.

Du hattest schon vor mir jene Erkenntnis gewonnen; du hattest ja einmal geschrieben: »… ohne den zu überleben es sich nicht lohnte«. So hast Du durch Deine ›Gutheit‹ das Gute in mir herausgefordert, durch Dein Vertrauen das meine. Ich möchte, seit ich Dich kenne, ein guter Mensch sein. Und das wird einmal das einzige sein, das gilt.

In Dir hat mein Leben *seinen Sinn* gefunden, den ich immer gesucht habe.
Das danke ich Dir

Dein Mann

Lieber Liebster –

wie schön blüht Dir der Maien! Soll er! Blühen und grünen und die Kuckücke sollen nur für Dich rufen. Das Knie wird nicht schmerzen, weil die Wege nicht steil sind. Überall ist Gottes Tiefebene und allenfalls harmlose hessische Wälder. Wenn Du Rotkäppchen siehst oder gar Dornröschen küßt, grüß sie, und wenn mein Kuß Dir süßer schmeckt, kommt wieder her zu mir! Malvasier bekommst Du nicht zu trinken, den bekommt nur Hofmannsthal, aber Du kriegst Bier aus Schlüchtern! Kein Weinberg! Allenfalls bei Gelnhausen, und da denkst Du dran, wie wir herumspazierten … und die ersten Kastanienblüten kamen zum Vorschein und der Südhang blühte über und über, und die Kinzig floß durchs Tal, fließt noch?! Bist Du sicher! Ohne mich? Und man empfängt Dich im Rathaus, und diesmal kommen mehr Leute zum Bewundern? Bewundern Deine Beine! Statt Deine Verse – so ist es. Unter den Wanderern der beste Dichter und unter den Dichtern der beste Wanderer – – Nein! Stimmt nicht! Deine Füße sind gut und Deine Versfüße auch, 45 Schuhgröße für beide, beschtimmt!
Und ich verspreche, fleißig zu dichten! Und zu trachten! Und mich um den alten Lewan zu kümmern und ums Gärtchen und abends alle Türen abzuschließen, mich nicht zu fürchten, die treue Auguste richtig zu bedienen und weitgehend selbständig, wenn auch nicht unabhängig und nur für kurze Zeit alleinstehend, sitzend, liegend zu sein …
Ach und jetzt koch ich das letzte Süppchen für Dich! Sag dem Organisator, daß ich *eine* Mahlzeit in 17 Tagen für sehr knapp hielte! Sei vergnügt! Sing Dir eins! Laß alle im Stich, wenn es Dir nicht gefällt. Du mußt nicht! Notier fleißig, was Du so siehst! Es ist eine große Hilfe – ich weiß da Bescheid, lieber Kollege!
Soll ich noch ein PAAR GROSSE WORTE SCHREIBEN? Herzele, herzele, herzele – die heben wir für Dich auf, für mich nur die kleinen lieben zärtlichen leisen vertrauten tägli-

chen stündlichen beständigen – vernünftigen und unvernünftigen worte worte worte

von c.b. (dem Kerlchen)
21. Mai 76, 13.00

Lieber Liebster -

wie schön blüht Dir der Maien! Soll er! Bühen und grünen und die Kuckucke sollen nur für Dich rufen. Das Knie wird nicht schmerzen, weil die Wege nicht steil sind. Überall ist Gottes Tiefebene und allenfalls harmlose hessische Wälder. Wenn Du Rotkäppchen siehst oder gar Dornröschen küßt, grüß sie, und wenn mein Kuß Dir süsser schmeckt, kommt wieder her zu mir! Malvasier bekommst Du nicht zu trinken, den bekommt nur Hofmannsthal, aber Du kriegst Bier aus Schlüchtern! Kein Weinberg! Allenfalls bei Gelnhausen und da denkst Du dran, wie wir herumspazierten... und die ersten Kastanienblüthen kamen zum Vorschein und der Südharz blühte über und über und die Kintzig floß durchs Tal, fließt noch?! Bist Du sicher! Ohne mich? Und man empfängt Dich im Rathaus und diesmal kommen mehr Leute zum Bewundern? Bewundern Deine Beine! Statt Deine Verse - so ist es. Unter den Wanderen der beste Dichter und unter den Dichtern der beste Wanderer - - Nein! Stimmt nicht! Deine Füße sind gut und deine Versfüße auch, 45 Schuhgröße für beide, beschtimmt!

Und ich verspreche, fleissig zu dichten! Und zu trachten! Und mich um den alten Lewan zu kümmern und ums Gärtchen, und abends alle Türen abzuschließen, mich nicht zu fürchten, die treue Auguste richtig zu bedienen und weitgehend selbständig, wenn auch nicht unabhängig und nur für kurze Zeit alleinstehend, sitzend, liegend zu sein...

Ach und jetzt koch ich das letzte Süppchen für Dich! Sag dem Organisator, dass ich eine Mahlzeit in 17 Tagen für sehr knapp hielte! Sei vergnügt! Sing Dir eins! Lass alle im Stich, wenn es Dir nicht gefällt. Du mußt nicht! Notier fleissig, was Du so siehst! Es ist eine große Hilfe, - ich weiss da Bescheid, lieber Kollege!

Soll Ich noch ein PAAR GROSS WORTE SCHREIBEN ? Herzele, herzele, herzele - die heben wir für dich auf, für mich nur die kleinen lieben zärtlichen leisen vertrauten täglichen stündlichen beständigen - vernünftigen und unvernünftigen worte worte worte

von c.b. (dem Kerlchen)

21 Mai 76, 13.00

Dein Mann
Oberstdorf im Januar 77
Freitag

Guten Morgen, Frau!

Liebstes! (Ich sehe gerade, daß ich in deutscher Schrift begonnen habe, ungewohnt! Bleibe ich dabei!) Jetzt aber, vormittags, sitzt Du vor Deinem Buch, brav allein mit der so liebgewonnenen, ›baumumarmenden‹ Maximiliane! Ach, was tu ich nur, wenn ich ihr hier in Oberstdorf begegne, im »Hirsch« etwa oder im »Wittelsbacher Hof«, wo sie ihre Mutter Vera in deren Kuraufenthalt besucht, vom Eyckel aus (aber da ist sie dann ja nicht mehr!) oder von sonstwo, und wir finden Gefallen aneinander und sie hat gerade das Bedürfnis nach einer ›Wärmflasche‹!? Würde das dann gelten? Würde mir das angerechnet? Aber bei dem Leistenbruch und dem Rheuma …!
Ach, Kerlchen, und vorvorgestern nacht hast Du bei mir auf dem Bettrand gesessen (lateinisch weiter:) und hast gesagt, so rührend: »Ich habe nie erwartet, daß es mir im Leben so gutgeht! Wie habe ich das verdient!« Und ob Du es verdient hast! Und was *ich* dazu beitragen kann, daß es Dir weiterhin gutgeht, das will ich immer tun – da ist Dein Vater Zeuge, der sich damit begnügt hätte, daß Dich nur jemand ›zum Altar führt‹.
Und was bist Du heute! Eine bedeutende deutsche Schriftstellerin, anerkannt, gelesen, in Beiräte berufen! Und hast auch jetzt wieder – es ist meine feste Überzeugung – einen *sehr guten* zweiten Band geschrieben! Die notwendige Gedrängtheit (bei Stoffülle und langer dargestellter Lebenszeit!) ist seine Stärke. Jedes Kapitel im Grunde eine Erzählung, auch das Maler-Kapitel wieder, in sich abgeschlossen, pointiert, mit Deinen c.b.-Formulierungen!
Solche Augenblicke wie jene, als Du (siehe oben!) auf dem Bettrand saßest, verleihen dem Leben einen Sinn, einen tiefen!

Was war das gestern für eine schöne Reise durch die winterliche Landschaft! Fast die ganze Fahrt allein im Abteil (weil im ›Raucher‹, und ich rauche nicht!), machte beiliegende Winterlandschaft-Stenogramme. Und einige lyrische Stenogramme:

Gib hin deine Schönheit
Tausche sie für die
Schönheit der Tanne ...

Die Stille des Waldes,
Vorraum der Toten ...

Wie viele Frühlinge noch?
Einer ist mehr ...

Und alles entbehrlich,
Selbst der Berg ...

Der Rat des Windes
An mich, das Rohr ...

Das klingt etwas dunkel, ich bin aber ganz heiter und glaube jetzt schon, daß ich mich gut erholen werde. Es liegt schöner Schnee, bei etwa –2 Grad.
Ich will jetzt den Brief zum Kasten bringen, damit Du ihn vor Sonntag noch in Händen hältst.
Herzlich! In Liebe!

Dein Pummerer

Mittwoch 19. I. 77

Liebstes!

Draußen regnet es – leider! – seit 2 bis 3 Stunden ... Nun komme ich, nachdem die Hälfte meines Urlaubs verbraucht ist, in einer Woche wieder! Wie freue ich mich! Und wie schön, sich auf das Wiedersehen zu freuen! Und dann werden wir zusammen bald das Technische Deines (schönen) neuen Romans in Angriff nehmen, wobei ich Dir gut helfen kann. Ablichten, ankleben der Zusätze etc.

Was meine Korrekturen, d.h. meine Handschrift in Deinem Manuskript anlangt, so wird es: 1. wahrscheinlich Frl. Jakobson gar nicht auffallen (und sie ist ja die einzige, die das Manuskript liest). 2. Könntest Du jederzeit sagen – und das trifft ja *wirklich* zu –, daß ich *Deine* Korrekturen mit meiner so gut leserlichen Handschrift nochmals geschrieben habe und 3. hast Du Frl. Jakobson gegenüber in meiner Anwesenheit selbst einmal gesagt, daß ich Deine Texte redigiere.

Was die nachträglich von Dir angehefteten »Zusätze« anlangt, die noch in den Text eingearbeitet werden sollen, so würde ich (was ich von Seite 1–100 schon getan habe) genau prüfen, was entbehrlich ist. Das trifft auf das meiste zu. Oft sind es anekdotenhafte Vorkommnisse, die bei einem Roman, der ein halbes Jahrhundert in großen Zügen umgreift, zu klein sind, um registriert zu werden. Sie würden auch bisweilen als Appendix den schönen rhythmischen Fluß des Ganzen stören. Aber darüber können wir ja noch reden. Ich bin jetzt im Augenblick wirklich sehr müde und ich will morgen oder übermorgen mit wacherem Verstand weiterschreiben.

Freitag nachmittag, 21. I.

Jetzt also schreibe ich weiter. Draußen wieder ein strahlender Wintertag!
Ich bin schon 2 Stunden Ski gelaufen. Und da liegen von Dir ein Brief vom Mittwoch und eine Karte von gestern, Donnerstag. In beiden steht: »Ich gewöhne mich …« Wirklich? Ich gewöhne mich nicht. Mit jedem Tag spüre ich mehr, wie ich Dich entbehre. Also das Gegenteil Deiner Erfahrung! Ich bin eben doch ein besserer Mensch (!).
›Burghotel‹ Eyckel ist gut! Besser als ›Luxusklasse‹. Du hast recht. Das, was alles noch gesagt werden soll zum Grundkonzept des Romans, folgt ja v. a. im letzten Kapitel. Wenn schon keine der vielen m. E. guten Titelvorschläge des o.h.k, dann wäre »Maximiliane Quin(d)t« tatsächlich viel besser als »Überall ist Wunderland« oder so.
… Aber sicher kannst Du ›loipen‹ lernen! Und wenn wir nicht zusammen loipen, dann gehen wir statt dessen ›ganz zusammen‹ durch den Winterwald nach Gnödsbach und Spielmannsau und … und … und … und …
Mein Zug kommt Donnerstag 18.16 Uhr an.
Lachst Du noch mit Deinen Grübchen?
Bald! Liebstes!

Dein Mann

Ach Pummer!

Jetzt freu ich mich aber doch sehr auf Dich und zu Hause! Nach nahezu zwei Wochen Abwesenheit bin ich bereits reisemüde … Es kam am Montag ein großer Packen Post, auch einiges, was die Pläne durcheinanderbringt (Beirat etc.), aber irgendwie wird man alles arrangieren können.
Bin sehr froh, daß Du heil zurückgekehrt bist! Alles ging weiterhin gut?? Wahlsonntag? Und der Nestroy?? Da weiß ich nun nichts, mag auch nicht anrufen, weil Ursula ständig über Geldnot klagt, was mich bereits beim Essen bedrückt … was aber töricht ist, sie verwöhnt mich ja.
Es war wohl wichtig, daß ich herfuhr. Immer wenn ich denke, man wäre in Gesprächen ein wenig weitergekommen, begegne ich wenig später derselben grund-losen Traurigkeit, der ich kaum gewachsen bin. Davon später mehr oder auch nicht. Jetzt brauch ich erst mal unsere gütige und harmonische Zweisamkeit, muß auch mal lachen und unbedeutend sein, das, was Du albern nennst, muß auch mal singen, Maienlieder z. B. mit Marlene, sag ihr das am Telefon!
Morgen früh fahre ich wie geplant nach Stuttgart-Reutlingen. Wenn Du nichts anderes hörst, komme ich mit dem angegebenen Zug am späten Nachmittag. Abholen erwünscht!
Gestern bei Bavaria, kurzes intensives Gespräch mit drei Herren, die Sache geht zügig weiter! Der alte Stechlin wird nun wohl den alten Quindt spielen! Gedreht wird auf einem Gut der Plessens, man fände es hübsch, wenn ich mal käme. Die 15 (!) Drehbücher soll ich Anfang Juli bekommen. Drei Bearbeiter inzwischen, die Sendezeit verlängert, also: mehr Geld in unsere Kasse! Na!

Inzwischen hat sich das Novemberwetter wieder in Juliwetter verwandelt … die Witterung in den beiden Wochen war übermäßig anstrengend! Es geht mir gut, leider schlafe ich sehr wenig, aber bei Dir ändert sich das, diese schöne Gewißheit verkürzt die langen Nächte …

Gleich fahren wir in die Stadt, sehen die Münter-Ausstellung, kaufen ein wenig für Ursula ein …

Und nun, Herzeliebes! Freu Dich! Ich tue es auch! Frühstücke auf der Terrasse! Morgende am Schreibtisch! Das alles wird mir sehr wohltun und mir beweisen, wie gut es mir geht, wie anhaltend glücklich ich mit Dir bin!

Gott behütet Dich! sagte Maximiliane, von der ich nun gar nicht weiß, wie es ihr geht … bei Bavaria kannte man sie besser als ich …

Behalt mich! Sorg gut für Dich! Mußt nicht aufräumen oder so, das mach ich dann schon! Mußt mich nur in die Arme nehmen, lange und fest …

Dein Kerlchen

München, 18. Mai 77

Donnerstag 14 Uhr 45

Du meine liebste Ehefrau!

Da sitze ich, genüßlich speisend, in unserem Speisezimmer, esse Spaghetti mit Schinken, Salat, Yoghurt mit Hagebuttenmarmelade + K.K.-Wein und denke: Was bin ich doch für ein meisterlicher Koch, bis mir aufgeht, daß meine einzige Leistung daran die ist, daß ich das Ganze lediglich auf die Herdplatte gestellt und warm gemacht habe, hie und da mit einem Blick auf Deine Anweisungen, kurz: daß Du das alles so mütterlich-ehefräulich-liebstlich schon fertig gemacht und vorbereitet hast! Ich Selbst-Betrüger! Aber zum Betrug gehört ja: »... die Unwissenheit eines anderen auszunutzen, um ihn zu schädigen«, und ich habe jenen anderen, mein Alter-Ego, gar nicht geschädigt, im Gegenteil: Ich sitze genüßlich speisend etc. pp ... (siehe oben!) ...
Und draußen mieselt's (von ›mies‹). Ich habe die Heizung angestellt. Gut, daß Du in den Frühling fährst! Vor lauter (Termin-) Not habe ich den Guernica-Artikel, samt Studium des heute früh per Eilpost eingegangenen Materials, heute vormittag weitgehend abgeschlossen. Es kommt nur noch Ausfeilung. Das erwähnte Material war wichtig; ohne selbiges wäre manches, was ich aus ›eigenem Born‹ schrieb, schlichtweg falsch gewesen, etwa meine apodiktische Behauptung, dieses Guernica-Bild sei (was ich meinerseits wieder von einem anderen abgeschrieben hatte) Picassos einziges politisches Bild gewesen! Gut, daß es andere gibt, die es besser wissen. Überhaupt gut, daß es andere gibt, vor allem: Dich! ... Aber diesen Brief abzuschließen, damit Du ihn vor Sonntag hast, ist wohl müßig, und so breche ich erst einmal ab und lasse ihn, für weitere Informationen aus unserem Hause, liegen und mich auf der wohl verdienten Couch ...

(14 Uhr 55)

Montag vormittag

Liebstes Kerlchen!

Heute also kam Dein schwarz-roter Brief aus Locarno, etwas melancholisch gestimmt über die Schreibmaschine, das Wetter, den Schlaf, über Kassel (Artikel)! Das muß hier alles wieder anders werden!! In meinem Schutz und Schirm! Nur das Wetter … darüber reden wir erst gar nicht!
Die Fußgängerbrücke über die Frankfurter Straße ist in der letzten Nacht gesprengt worden! Dies, damit Du Dich nach Deiner Rückkehr in Kassel zurechtfindest: Aber ich werde Dich ja abholen (21. Mai, Samstag, 17 Uhr 37).
Heute früh also, zaghaft zum Zeitungskasten schleichend, erfuhr ich erst aus der Besprechung, »Idylle aus Zuckerguß« (von Claudia Sandner-v. Dehn) über meinen Beitrag zu Nestroy: »Ergänzt werden die Couplets durch einige glänzend formulierte Strophen des Kasseler Autors Otto Heinrich Kühner, der seinen Mitbürgern verschmitzt ein paar gar nicht so angenehme Wahrheiten über ihr Verhältnis zu Kunst und Theater ins Stammbuch schreibt, und von denen nur eine sehr trivial direkte über ›Documenta-Sex‹ ein bißchen unter Nestroys Sprachniveau bleibt.«
Das also war's! Und diese *eine* Strophe (↑) stammt dem Inhalt nach von der ›sinnlichen Pfarrerstochter‹ aus Schmillinghausen. Dann kann's nicht so schlimm sein! Und just *diese* Strophe wollte die Dramaturgie ja aufs Programmheft setzen; vielleicht hat man es auch getan. Ich rief vorhin im Theater an, erreichte aber niemanden.

Auf Wiedersehen! Bald!
100 000 Küsse!
und herzlichen Gruß an Ursula
Dein Pummer

Dienstag 24. I. 78

Allerliebstes!

Heute früh wache ich auf und höre, wie es regnet … regnet … regnet, sogar bis in höhere Regionen, denn die Tannen an den Hängen des Gebirges sind dunkel. Mir auch recht: so wird's ein Arbeitstag, und man hat dabei nicht das Gefühl, hinter der Wegbiegung einen Sonnenstrahl zu versäumen. Und ich habe auch schon wieder Lust zum Schriftstellern! Tat in den letzten Tagen hin und wieder schon etwas am »Eulenspiegel«, der vielleicht doch etwas ›Beachtliches‹ wird. Und wenn ich – mit Gottes Hilfe und unserem Zutun – gesund bleibe und meine ›Ernste Lyrik‹ schreiben und meinen ›großen Roman‹, »Der Deutsche«, bewältigen kann, so soll mir um meine berufliche Zukunft und Anerkennung nicht bange sein, gerade auch im Hinblick auf das Letztgenannte: 1870 beginnend, eine süddeutsche (Klein-) Bauernfamilie aus dem Badischen, *eine* Linie bleibt auf dem Hof (bis dieser 1960 unrentabel wird), *eine* Linie wird zur Pfarrer-Dynastie (auch bis zur Gegenwart), eine Linie, deren Stammvater als Industriearbeiter in Mannheim begann, zeigt den statistischen Aufstieg einer typischen deutschen Familie. So kann ich alle Konzepte verwerten: Bauernroman, Pfarrhaus etc., kann auf eigene Erfahrungen (und fertige Entwürfe) zurückgreifen. In einer der Stammbaumverästelungen kommt ein Schriftsteller und Dramaturg vor (aber nur bedingt ich selber) …

Aber vorerst schreibe ich diesen Brief an meine allerliebste Frau, sitze am Tisch in jenem ›unserem‹ Zimmer mit dem Blick auf das Nebelhorn, angenehm warm durch die darunter liegende Sauna. Ich habe auch schon all unseren Freunden artige Kärtlein geschrieben, auch an Ursula (und ihr v. a. mitgeteilt, daß der Titel meines Wochenendgedichtes nicht von mir stammt). Und ich habe ein Mitbringsel für Dich, eigentlich ein Weihnachtsgeschenk. Man kann (ich tat's wie ein Kind) davon ein Türl auf und zu machen. Schenke uns der Himmel noch manches gemeinsame Weihnachtsfest und viele gute ›schaffige‹ Jahre in unserer für beide Teile so vorteilhaften, eingeprobten Eh'… und draußen regnet's immer noch, und ich freu' mich auf das Wiedersehn, bin mit dem Weglassen der Endsilben schon wieder ganz ein Süddeutscher und umarm' Dich eben deshalb ganz herzlich und küß' Dich ab von oben bis unten,

Dein Pu

25. Jan. 78

Bevor nun gleich der Briefträger einen weiteren Allgäuerbrief bringt –

sehr lieber Pummer!

Ein Brief! Eine sehr sonnige und schneeige Karte vom Lorettokapellchen und ein Anruf! Das ist alles sehr liebreich und ich danke sehr! Ich schicke nun alle erdenkliche Menge an Wünschen und Grüßen nach Oberstdorf: viele schöne Läufe, mit und ohne Bretter an den Füßen, in die wohlbekannten Täler! Möglicherweise auch mal auf die Höhen! Schwindet euch der Schnee dahin? Schneegrenze 1500 Meter las ich heute früh in der HNA, aber woher wollen die das wissen? Auch hier gab's in der vorvorigen Nacht Sturm und Schnee, ersteres legte sich, letzteres floß ab, und nun ist es wie immer: grau und naß und unfreundlich.
Ich habe ein wenig Mühe mit der eigenen Person, das war schon auf der Reise so, liegt wohl vornehmlich am Nicht-Schlafen. Wollen wir hoffen, daß Du – wie im Vorjahr! – mit Wundermitteln zurückkehrst?! Vielleicht ist's ja auch in Berlin besser. Jetzt will ich mal wieder drüber nachdenken, wie schwer es ist, nicht ›in‹ zu sein … Ich habe das wohl nie kennengelernt, daher meine Schwierigkeiten.
Herzeliebes! A Dieu! Paß gut auf, weil Du doch ein wenig brüchig bist, und nun will ich mich mal auf Deinen Brief freuen und diesen beenden. Ich denke jetzt oft drüber nach, wie merkwürdig das doch ist: Wilhelm Schulze/Zuchow war mein Onkel, auch Erbonkel, und wie er nun in Gestalt des alten Quindt uns seinen Lastenausgleich zukommen läßt …
Sollte ich eigentlich mal das neue Farbband einziehen? Ganz recht! Sofort, dies ist ja nicht zumutbar!
Gott behütet Dich

Dein Kerlchen

Für c. b.

Liebeslied

Eine Linie, die auf dem Reißbrett unumwunden,
Mit dem Lineal gezogen, zwei Punkte verbunden,
Sich plötzlich windet, um sich selber schwingt,
Sich ringelt, rollt, kräuselt und verschlingt,
Wird zur Haarlocke, zu Armreif und Karussell,
Zu Halsband, Ring, Blütenblatt und Rondell,
Und hat so diesmal, ausnahmsweise umwunden,
Ebenfalls zwei Punkte miteinander verbunden.

Pu

Pummer – Pümmer – Pummerer!

So schnell fuhr der Bus, so schnell geht das Kärtchen-Schreiben, daß es noch für einen Brief reicht, der Dich morgen früh schon grüßt und meinen Besuch für den Nachmittag ankündigt. Liebster! Hast denn Du gut geschlafen? Gestärkt durch zwei gemümmelte Zwiebäcke und guten Pfefferminztee?? Auf Heu und Stroh – und in eine Windel gewickelt – könnte ich Dir nur meinen Rücken unterschieben! Nichts kann ich! Bitten und beten – und das ist ja sowenig nicht. Vielleicht ist ja doch nicht alles Verdienst der Medizin. Man weiß sowenig. Und hofft soviel!
Häuschen ist so leer, wenn ich abends zurückkomme! Nebenan lehnt der Schmetterling aus dem Fenster. Der ist immer allein, wenn er abends nach Hause kommt. So selbstverständlich ist das ja nicht, daß ich nicht mehr alleinstehend bin … Auch dies ist eine Gelegenheit, sich das ganz deutlich zu machen.
So ein schöner Maiabend ist das heute! Bald wird ein schöner Juniabend sein, und dann sitzen wir auf der Terrasse, und die Rosen blühen, und Du trinkst zwei Liter Brief (nein: Bier!) aus dem grünen Krug und schluckst und schluckst und kein Husten mehr und keine schmerzende Wunde –
Darauf freu ich mich. Das kann ich an 2 Händen und einem Fuß abzählen, wann das sein wird. Liebster! Hab Geduld mit dem Rücken und allen übrigen Körperteilen!
In ein paar Stunden komme ich schon wieder. Jeden Tag will ich kommen!
Und jetzt muß ich springen, sonst fährt der gelbe Postwagen an mir vorüber. Hoch auf dem gelben Wagen – weißt Du noch, wie wir das auf der Vogesenfahrt gesungen haben …?

Dein liebes Kerlchen

Meine liebste Frau!

Wenn ich es nicht mehr gewußt hätte, wie sehr ich Dich nach wie vor liebe, dann wüßte ich es wieder! Was habe ich mit Dir gebangt während der letzten Tage, lag für die Dauer der besagten Stunde auf der Couch, dachte bittend und hoffend an Dich in Deinem Ausgesetztsein, Deiner Verletzlichkeit, und dann, als ich andeutungsweise hörte, daß Du angegriffen wurdest (auch wenn es für Dich, wie alle einstimmig sagten, ein einziger Sieg war, Du tapfere, einmalige Frau!), wie litt ich mit Dir, als sei ich ein Teil von Dir, als sei es *mir* geschehen, daß ich da so einsam im Scheinwerferlicht saß, der Meinung eines Gegners ausgesetzt – wie liebte ich Dich da so tief wie noch nie! Wie wurde meine Liebe erneuert, bestätigt, in Bewegung gesetzt! Und ich bedauere so sehr, daß Du in dieser darauffolgenden Nacht allein sein mußtest, daß ich Dich nicht in die Arme schließen konnte, Dich an mich drücken, Dir über den Kopf streichen konnte. Aber wer hätte auch, nach all den Vertröstungen, annehmen können, daß es *so* kommen würde! Aber allein schon im Hinblick auf unsere Liebe war es ein sehr wichtiges, also sinnvolles Erlebnis, ein notwendiges. Ich habe Dich noch nie so geliebt!

… Ganz davon abgesehen, daß es für Dich (siehe oben!) ein einziger Triumph war! Und um zu siegen (so drückte sich auch Dr. Schwitzke aus), muß man eben kämpfen. Und es war, wenn auch in Form eines Schocks, eine weitere Erfahrung in Deinem, in unserem Leben. Was täten wir Schriftsteller ohne Erfahrungen, ohne solche Ereignisse des Innern (mindestens drei Seiten zu Deinem geplanten Tagebuch!). Wenn man keine Gegner und Anfeindungen hätte, sagt ein großer Dichter, dann wäre er besorgt um das, was er schreibt. Und was *alle* lesen können, nicht nur Seminar-Teilnehmer, ist im Sinne des Humanums das Beste. Ich las an jenem Abend (ich saß ja nach den Telefonaten in der Nähe Deiner Werke) in all Deinen Büchern: ecce, eine Dichterin!

Diese Bewegung in der Sprache, die Beteiligung des Herzens (was offensichtlich bei Germanisten verdächtig ist)! Der Sprachwitz! Der Einfallsreichtum! Ich war erfüllt von Dir! Schreibe weiter für Leser und nicht für Germanisten! Ich bin ja auch Literaturwissenschaftler wie Wapnewski, und er ist auch nicht mehr als ein Leser wie tausend andere, zudem einer, dem gegenüber lebendiger, gegenwärtiger Literatur der Geist oder Blick verstellt ist durch Versatzstücke und Schubladen.
Alles Weitere mündlich!

Ich freue mich auf das Wiedersehn!
Ich habe Heimweh nach Dir!
Ich liebe Dich wie am ersten Tag …

Dein Pummerer

Mon ami – ein Freund in Paris!
Pummerer in Paris – –

wie geht das denn? Lange Fahrt – ? Zu lange Fahrt? Mußtest Du immer anhören, wieviel kurzweiliger man mit einem Entlein fährt – ?
Ich habe nicht erst abgewartet, daß es Abend wird … ich hab mir schon nachmittags Deinen Brief geholt, das wußte ich doch! Du bist ein Zeit-Vertreiber! Die Tage sind lang und viel zu lange und die Abende auch … ich schrieb ein wenig, ging zur Post (i.V.?), spazierte durch die Aue, die bald wieder unser Park sein wird, nur noch etwas schmutzig, was am Regen liegt, las lange im Zauberberg, das kann ich gut und gerne lesen, ist glänzend beobachtet und vorzüglich geschrieben. Auch ich merke natürlich: wo es nicht stimmt. Oft beschreibt er Einzelheiten aus der Sicht eines Beobachters, die der ja nicht sehen kann, es sei denn, er näherte sich auf 20 Zentimeter. Merkwürdig! Wieso läßt man das durchgehen?
Nun wende ich mich meiner monoklinen Person zu! Ich müßte etwas mehr Schwung haben … die Sache müßte jetzt noch mal Spannung bekommen … mal sehen! Vielleicht gerät es und hält dem Blick meines Lektors und Redakteurs stand?! Was ja schwer ist!
Ich wollte, es regnete nicht auch in Paris! Da werdet Ihr oft in den Cafés sitzen müssen, die aber hübscher sind, wenn sie auf die Straße gerückt werden … kann ja noch kommen! Ach und die Museen – die Kirchen, alle die Boulevards – – vagabundier Du nur! Streuner! Macht wirklich einer den anderen zu brav? Könnten und sollten wir auch zu zweien ein wenig legärer – schreibt man das so?? – leben? Essen um 13:30 ist vielleicht inzwischen spießig und war nur im Anfang ganz lustig – –
Reden wir mal drüber!
Erholt und verjüngt kommst Du wieder? Das ist hübsch, darauf freue ich mich!

Adieu! Kerlchen! Sei umarmt! Grüß Deinen Reisegefährten! Sei ruhig ein wenig leichtsinnig, gönn Dir was!

Je t'aime, Cheri! Je t'aime toujours et la nuit!
Dein Kerlchen

So – mein Liebster!

Da siehst Du nun also, daß Elektra wieder unter meinen Händen ist …
Da siehst Du nun also, daß das Kopiergerät saubere Ablichtungen herstellt –
Da siehst Du nun also, wie bedeutend c.b. aussieht und wie zuversichtlich sie in das sieht, was wir Zukunft nennen.
Ich habe gerade der Neuberin gratuliert und ihr gesagt, daß Du auch nach dem 10.3. kein Poet in Pension, was ~~PiO~~ PiP~~L~~ – die Maschine kennt das Wort PiP noch nicht, jetzt kann sie's aber – sein wirst. Vermutlich macht der große PIA jetzt Visite? Das werde ich ja nachher hören! Dank Dir für alle guten Nachrichten! Und daß Du so geduldig bist! Hier im Häuschen wartet alles auf Dich! Und den Schnee hab ich erst mal weggeschaufelt. Allmählich könnte der Winter ja mal Pause machen … aber wenn's grau und düster ist, das mag ich ja auch nicht. Wir kriegen Dich schon hierher!
Unsere Kleine hat noch nicht angerufen, also weiß ich auch nicht, ob sie's auch heute schafft, Dich zu besuchen?? Dann bringt sie bestimmt Hanna mit, die vermutlich alle anderen Patienten auch besuchen wird …
Adieu, Liebster! Nun halt noch ein bißchen aus! Und wenn Du dann wieder hier bist, dann bist Du wieder ein ganzer Kerl, ohne Löcher und so, eine Narbe mehr – – ach, ja: die Narben! Jene a.p. hat mal ein Buch geschrieben, das NARBEN hieß. Gar nicht schlecht!
Wir haben ein schönes Geschäft, steig bald wieder ein!
Ich mag Dich immer noch! Über alles auf der Welt –

Dein Kerlchen

19. 2. 86

(Auf leichtem Luftpostpapier)
Do, 20. X. 88
Pummerer
(Ehemann)

Liebste!

Gestern abend hast Du gesagt: »Ich würde so gerne noch eine Weile mit Dir zusammenleben!« Es wurde mir ganz warm ums Herz! Ja, auch ich würde (nur) Deinetwegen gerne noch einige Zeit auf diesem doch recht schönen Planeten leben!! Und weiterhin mit Dir zusammen Bücher schreiben (Du nebenan mit Deinem vertrauten Schreibmaschinengeklapper!), über stille Waldwege gehen, gesellige Abende verbringen oder stille Abende mit Musik und Deinen Kopf auf dem ›schönsten Platz der Welt‹!
Machen wir uns jetzt einen schönen Schreibwinter! Mit meinem »Eulenspiegel« werde ich wohl auch nicht so rechtzeitig fertig, daß er im Herbst 1989 erscheinen könnte. Warum auch? Laß Dir auch mit Deinem Roman »Die letzte Strophe« (schöner Titel!) Zeit! Unser schöner Beruf soll doch schön bleiben! Und wenn es Dir weiterhin gelingt, solche Sprachinnovationen einzubringen wie: »Die Tränen lauerten schon«, »Ich lebe nicht auf Vorrat«, »junge Menschen umtopfen«, also Wörter in neue Zusammenhänge zu bringen (und darin bist Du wirklich *einmalig* unter den Dichtern aller Länder und Zeiten, das ist mein voller Ernst!), dazu dann noch (dies freilich können auch andere) Dein Sprachwitz: »Das Kamel ist hier in Hessen ein ganz unübliches Tier«, »Hund mit Hotelreife« ... dann also habe ich keine Bange um den Erfolg Deines neuen Buches, dann hast Du dem in den Medien totgetretenen Thema von der Sprache her einen neuen Kurswert gegeben. Und das ist literarisch das wichtigste!
Und jetzt also weilst Du in der von Dir so geliebten Welt des Mittelmeers! Atme sie ganz tief ein! Laß es Dir dort wohl er-

gehen. Ich bin froh, daß ich eine Dir so zugetane Frau wie R. Jakobson bei Dir weiß (grüße sie herzlich). Die Menschen werden Dich ehren in Athen, sonst hätten sie Dich ja nicht geholt (ein Umkehrschluß!). Gott mit Dir (uns)! Ich freue mich jetzt schon darauf, wenn ich Dich mit Blumen am Flughafen in Frankfurt abhole!
Gute Nacht! Bald bist Du wieder bei mir!

Dein Pummerer

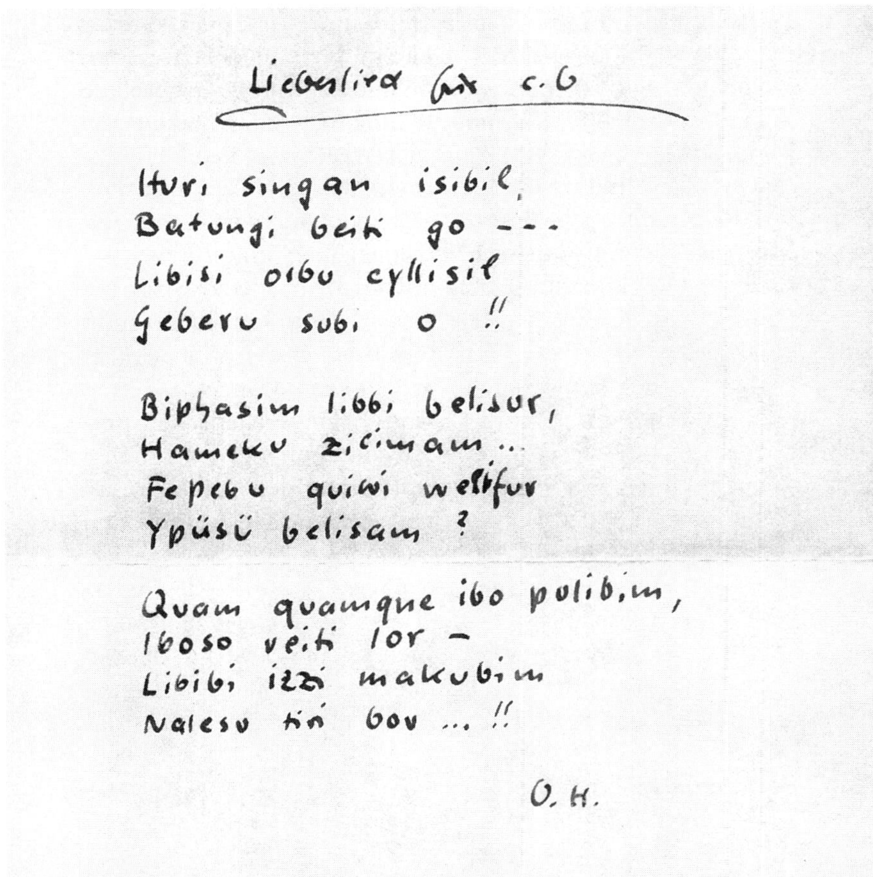
Liebeslied an c. G

Ituri singan isibil,
Batungi beiti go ---
Libisi oibu cyllisil
Geberu subi o !!

Biphasim libbi belisur,
Hameku zilimam ..
Fepebu quiwi wellifur
Ypüsü belisam ?

Quam quamque ibo polibim,
Iboso veiti lor –
Libibi izzi makubim
Nalesu tiri bov ... !!

O. H.

28. X. 91

Liebstes! Allerliebstes auf der Welt! Munke-Punke! Kerlchen! Schätzchen! Meine liebe Frau!

Eigentlich hatte ich die Absicht, Dir heute einen langen Tröste-Brief zu schreiben ... Da kam der Anruf! Der freie Montag also entfällt! So sollen es nur diese wenigen kurzen Zeilen sein, die den ›eigentlichen‹ Brief ersetzen. Sei guten Muts! Es wird alles gutgehen! Denke an Dekan F., dem man künstliche Herzklappen eingesetzt hat! Da ist mein Fall ja geradezu eine Lappalie! Oder denke an Georges Simenon, der (so las ich) mit 88 ebenfalls eine Kopfoperation erlebte und 2 Tage danach wieder rauchte!!
Mein Kopf ist ja schon offen! »Bitte sehr, bedienen Sie sich!«
Wer weiß, wozu das alles gut ist! Es ist alles von oben inszeniert! Das erlebe ich diesmal mehr denn je!
Morgen sehen wir uns wieder!
Ich liebe Dich unendlich tief

Dein Mann Pummerer

»Man halte nur ein wenig stille
und sei nur in sich selbst vergnügt«

So, wie auf dem Bild, wird es wieder werden, mein Liebster! So vertraut und so ganz dort, wo wir hingehören.
Gleich mache ich mich auf den Weg, und vielleicht sind wir heute nachmittag ein paar Stunden zusammen, wenig redend, einträchtig schweigend. Keiner hat heute morgen gerufen: Ich lebe gern mit dir – – aber als ich gestern abend die Decke aufschlug, da fand ich Deinen Brief und las und weinte und las und lachte, und Du warst mir so nahe. Und dann wußte ich gar nicht, wo ich denn meine paar Zeilen für Dich hingelegt hatte? Ein wenig verstört bin ich ja doch, und Du spürst es ja auch. Wieder hole ich mir bei Dir Kraft und Mut, und wenn Du sie dann brauchst, dann holst Du sie Dir zurück bei mir!
Gott behütet uns! Er soll Dich ruhig schlafen lassen, und alle sollen gütig zu Dir sein, wie Du es verdienst.
Ich wünsche so herzlich, daß mein erster günstiger Eindruck der C 11 N stimmt! Trotzdem sollst Du nicht lange dort bleiben!
Nichts soll uns trennen! ER wird seinen Engeln befehlen, über Dir zu wachen, bei Tag und bei Nacht und auch, wenn Du in der Narkose liegst und SEIN Handlanger Herr Zingerneil (??) sein wird.
Ich liebe Dich, ein für allemal!

Deine Frau

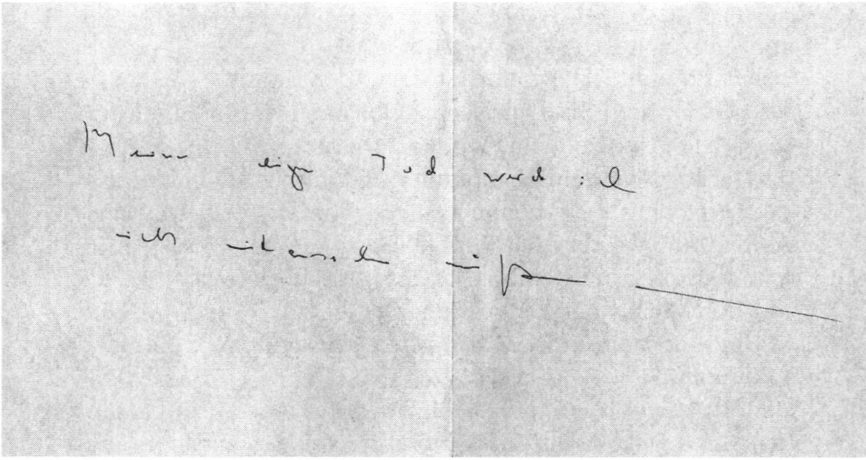

Meinen eigenen Tod werde ich nicht mit ansehen müssen –

1. Okt. 94

Lieber Pummer! Diesmal ist Florian der Briefträger, und er wird Dir meinen Brief vorlesen. Wie lange ist es her, daß wir uns Briefe geschrieben haben, immer waren wir beieinander. Und jetzt? Es vergeht kein Stund in der Nacht, da nicht mein Herz erwacht ... Und dann denke ich an Dich, an das Zimmer 510 im Westend, das ich nun gut kenne, den Blick aus dem Fenster, den Rollstuhl ... habt es gut miteinander: Vater und Sohn! Und dann komme ich auch bald. Ich denke am 3. Oktober, dem großen deutschen Feiertag. Die Erkältung wird nun doch etwas besser.
Gestern abend war ich die Schirmherrin am »Tag des Flüchtlings«, das will ich Dir erzählen. Ich hatte mich entschlossen, einige Quint-Essenzen und Maximen zu lesen, und dann habe ich erzählt, daß ich zum ersten Mal allein in St. Martin war ... und am Nachmittag war ich zum ersten Mal allein an unserem See, im Abendsonnenschein, es war sehr schön, die Schwäne sind nun groß, aber noch grau und unschön. Da kommt mir Dr. Schaefer entgegen und ruft: Man hat mir erzählt, daß der Pummer gelächelt hat, er wußte es von Frau Hartleb, und die wußte es von ... das habe ich erzählt, und dann habe ich das Lächeln zum Weiterreichen gelesen und gesagt, daß man es weiterreichen möge. Es war ganz still in der Kirche, und der Bischof, neben dem ich saß, hat mir zugeflüstert: Das war sehr tapfer von Ihnen ... Nun ist Dein Lächeln unterwegs, und vielleicht kommt es mit diesem Brief zu Dir zurück. Florian wird es mir dann berichten.
Hoffentlich ist freundliches Wetter und Dein Befinden läßt einen kleinen Ausflug zu, Lederjacke und Decke sind da, Du müßtest eigentlich richtig ausgestattet sein. Ich muß viel lernen, aber Du noch viel, viel mehr! Unser Häuschen ist ein guter Schutz, und der beste Platz ist auf dem schwarzen Sofa ...
Gleich packe ich meine Tasche, und dann treffe ich den Flo-

rian am Bahnhof, er fährt nach Wildungen, ich nach Dortmund, wo das Verlagshaus von Harenberg so etwas wie eine Buchmesse macht, heute abend bin ich an der Reihe. Zum ersten Mal ohne Dich, und es wird nicht heiter enden wie sonst, wenn Du gelesen hast. Aber sagen werde ich das, daß Du an meiner Seite fehlst! Du fehlst hier überall. Ich gebe mir Mühe, mutig und tapfer zu sein. Aber wir haben beide zuviel Mut und Tapferkeit in den letzten Jahren verbraucht, wir sind beide erschöpft.
Bald komme ich! Das verspreche ich Dir und immer und immer wieder! Gott möge uns behüten!

Dein Kerlchen

Nun komm ich noch einmal …

Ach, Liebster, nun geht das lange Kapitel Bad Wildungen zu Ende … Wie oft haben wir zusammengesessen, Handinhand, sind den Gang aufundab gegangen, haben in der Cafeteria gesessen. Die ersten traurigen Wochen sinken ins Vergessen, und wir behalten, wie es besser wurde, wie die Schwester rief: Er läuft wie ein Hase! Als alle kamen, um mir zu zeigen: Er spricht wieder …
Und nun: Adieu, und nun ein neues Kapitel, das wir lernen müssen und lernen werden. Wir sind beide geschult im Umgang mit Glück und mit Unheil, und dies wird kein Unheil, sondern eine wirkliche Hilfe für unser Weiterleben, in innerer Nähe und mit einem kleinen äußeren Abstand. Wenn es denn sein muß. Es gibt keine Wahl, ich weiß es ja auch lange und bin mutig, und Du bist geduldig.
Du Einzelstück! Gleich gehe ich zum Neujahrsempfang in die Markuskirche, da will mir dann Ullrich auch zeigen, wie weit der Schreiner mit dem Umbau des Kirchengestühls ist … Es sind ja nur noch 4 Wochen, dann soll der Innenausbau fertig sein, und dann gibt es einen Festgottesdienst. Ohne Dich. Da werde ich dann doch sehr traurig und allein sein.
Ich hab mich so an Dich gewöhnt … Schlager haben auch recht!!
Hast Du die Vögel gehört? Seit gestern piepsen sie und versuchen zu singen, ich ging mal bis zum Schlößchen … die Wiesen sind unterm Schnee ganz grün hervorgekommen. Vielleicht kannst Du ein bißchen was von der Landschaft sehen, wenn wir zusammen nach Kassel zurückkehren. Wie schlecht ging es Dir, als wir hingefahren sind. Haaresbreiten, immer wieder: Wunder! Mein Wunder-Mann, bald komme ich! Und dann nehmen wir uns fest in die Arme! Ich liebe Dich!

Am 22. Januar 95 *Deine c.b.*

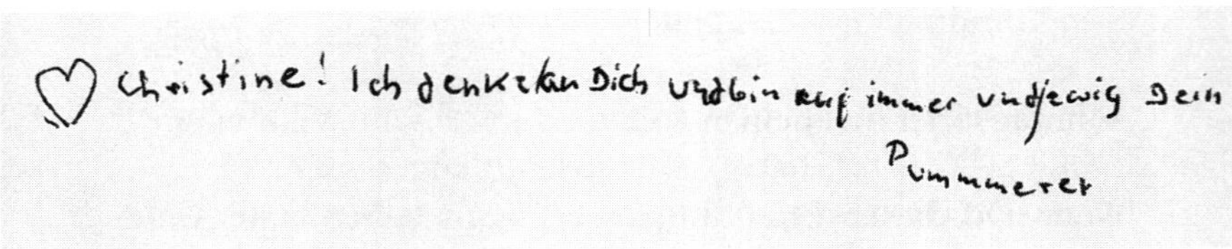
Christine! Ich denke an Dich und bin auf immer und ewig Dein
Pummerer

Christine! Ich denke an Dich und bin auf immer und ewig
Dein Pummerer

17. Juni 95
9 Uhr

Sonntagsbrief für meinen Liebsten!

Wenn Du diesen Brief aufmachst, bin ich schon ein wenig eingelebt bei dieser Martina, von der ich gar nicht mehr weiß, wie sie aussieht, aber auf dem Bahnhof in Singen gehe ich nur mit Martina weg, mit niemandem sonst. Das verspreche ich! Es gibt dort eine Schreibmaschine, und dann bekommst Du auch einen Brief vom Bodensee – – und sonst weiß ich nichts mehr, was ich für diesen über alles geliebten Pummerer wohl tun könnte …
Noch bin ich ja in unserem Häuschen, noch regnet es – – gleich wird man im Wetterbericht sagen, was werden soll. Ich bin für alles gerüstet, aber mit kleinem Gepäck, und Dein ›Bäume-haben-immer-recht-Plakat‹ ist gut gerollt und verpackt und wird gewiß die meiste Freude bereiten. Wenn man die PLAKATE (Pardon, dumme Maschine, dumme c.b.) nun schon aus Deinem Schrank entwendet! Na –! Eigentlich muß man darauf ja stolz sein!
An jedem Tag werde ich überlegen, wer Dich wohl besucht, ob man Dir das Abendbrot zubereitet, ob man ein Stück mit Dir auf den Gängen geht oder eine Ausfahrt übernimmt, der hochgelobte Friedrich tut das vielleicht – und die Schwestern wissen ja auch, daß ich nicht da bin und sie mich vertreten sollen. Und Du wirst Selbständigkeit lernen!! Gib Dir rechte Mühe! Überrasche mich. Am Donnerstag, aber erst nach der Abendbrotzeit, komme ich zu Dir! Und dann schließen wir uns fest in die Arme!
1989 haben *wir* in Konstanz im ›Bücherschiff‹ gelesen, Preisendanz hat uns eingeführt und ausgeführt, der Saal war überfüllt, gute Presse, ich hab's herausgesucht; und diesmal bin ich allein, und niemand beachtet mich, aber: was tut's! Wir haben das ja alles gehabt, mehr als andere Autoren. Wir werden schon noch lernen, von diesen Vorräten zu leben!

TINE BRÜCKNER · HANS-BÖCKLER-STR. 5 · 34121 KASSEL

17.Juni 95
9 Uhr

Sonntagsbrief für meinen Liebsten!

Wenn Du diesen Brief aufmachst, bin ich schon ein wenig eingelebt bei dieser Martina, von der ich gar nicht mehr weiß, wie sie aussieht, aber auf dem Bahnhof in Singen gehe ich nur mit Martina weg, mit niemanden sonst. Das verspreche ich! Es gibt dort eine Schreibmaschine und dann bekommst Du auch einen Brief vom Bodensee - - und sonst weiß ich nichts mehr, was ich für diesen über alles geliebten Pummerer wohl tun könnte...
Noch bin ich ja in unserem Häuschen, noch regnet es - - gleich wird man im Wetterbericht sagen, was werden soll. Ich bin für alles gerüstet, aber mit kleinem Gepäck und Dein ‹Bäume-haben-immer-est-Plakat› ist gut gerollt und verpackt und wird gewiß die meiste Freude bereiten. Wenn man diePLAKATE (Pardon, dumme Maschine, dumme c.b.) nun schon aus Deinem Schrank entwendet! Na - ! Eigentlich muß man darauf ja stolz sein!
An jedem Tag werde ich überlegen, wer Dich wohl besucht, ob man Dir das Abendbrot zubereitet, ob man ein Stück mit Dir auf den Gängen geht oder eine Ausfahrt übernimmt,

der hochgelobte Friedrich tut das vielleicht
- und die Schwestern wissen ja auch, dass
ich nicht da bin und sie mich vertreten
sollen. Und Du wirst Selbständigkeit
lernen!! Gibt Dir rechte Mühe! Überrasche
mich. Am Donnerstag, aber erst nach der
Abendbrotzeit komme ich zu Dir! Und dann
schliessen wir uns fest in die Arme!

1989 haben wir in Konstanz im 'Bücher-
schiff' gelesen, Preisendanz hat uns einge-
geführtund ausgeführt, der Saal war über-
füllt, gute Presse, ich hab's herausgesucht
und diesmal bin ich allein und niemand
beachtet mich, aber: was tut's! Wir haben
das ja alles gehabt, mehr als andere Autoren.

Wir werden schon noch lernen, von diesen
Vorräten zu leben! Und Du - Du sitzt ja
wieder am Schreibtisch und wenn's mal nicht
geht, ach, es ging auch früher nicht immer!
Und bald wird es Sommer sein und hell und
wärmer, dann ist vieles leichter und diese
c.b., die ein wenig flügellahm war, die be-
lebt sich wieder! Das verspreche ich Dir.
Und wenn ich erst im Zug sitze gen Singen,
dann werde ich anfangen, mich auf die Rück-
kehr zu freuen. Gott wird uns behüten,
alle Tage - - einer muß es dem anderen immer
wieder versicheren. Ich bin und bleibe
in Ewgikeit Deine Frau, Dein Kerlchen!

Und Du – Du sitzt ja wieder am Schreibtisch, und wenn's mal nicht geht, ach, es ging auch früher nicht immer! Und bald wird es Sommer sein und hell und wärmer, dann ist vieles leichter, und diese c.b., die ein wenig flügellahm war, die belebt sich wieder! Das verspreche ich Dir. Und wenn ich erst im Zug sitze gen Singen, dann werde ich anfangen, mich auf die Rückkehr zu freuen. Gott wird uns behüten, alle Tage – – einer muß es dem anderen immer wieder versichern. Ich bin und bleibe in Ewigkeit Deine Frau, Dein Kerlchen!

12. II. 73

[…] Herzelein, mein Leben. Wahrhaftig! Lebe und bleibe gesund für mich! Wir wollen uns gesund erhalten füreinander. Ich lebe so gern mit Dir! Vielleicht läßt uns Gott zusammen 75 werden, miteinander! […]

Dein Pummerer

Anmerkungen

13 *Die Rezension in der Zeitschrift »Sonntagsblatt« (später: »Allgemeines Deutsches Sonntagsblatt«) bespricht eine Lesung in der Paulskirche anläßlich des Kirchentages 1956 in Frankfurt am Main. Die Erzählung von Otto Heinrich Kühner trägt den Titel »Das Wunder« und erschien in Buchform in »Dreierlei Wahrheiten über einen Volkshelden«, 1980.*

14 Helmut Harun: *dt. Schriftsteller und Regisseur (1914–1981).*
Johannes Weidenheim: *dt. Schriftsteller (1918–2002).*
Rudolf O. Wiemer: *dt. Schriftsteller (1905–1998).*
Lipinski-Gottersdorf: *Hans Lipinski-Gottersdorf, dt. Schriftsteller (1920–1991).*

17 »Die Übungspatrone«: *Hörspiel von Otto Heinrich Kühner, Erstsendung 1950, erschienen erstmals in: »Mein Zimmer grenzt an Babylon. Hörspiel, Funkerzählung, Feature«, 1954.*
»Der Tramp«: *Hörspiel von Otto Heinrich Kühner, Erstsendung 1952, erschienen in: »Mein Zimmer grenzt an Babylon« (s. o.).*

18 »Katharina (und der Zaungast«): *»Katharina und der Zaungast«, Roman von Christine Brückner, erschienen 1957.*

19 Bultmann oder Strauß: *die Theologen David Friedrich Strauß (1808–1878) und Rudolf Bultmann (1884–1976).*

20 Dürrenmatts »Besuch einer alten Dame«: *Der schweizerische Schriftsteller Friedrich Dürrenmatt (1921–1990) veröffentlichte 1956 sein berühmtes Drama »Der Besuch der alten Dame«.*

21 Heiseler: *Bernt von Heiseler, dt. Schriftsteller (1907–1969).*
Jochen Klepper: *dt. Schriftsteller (1903–1942).*
»Spuren«: *»Ehe die Spuren verwehen«, Roman von Christine Brückner, erschienen 1954.*
Ihr Wahn und Ihr Untergang: *Otto Heinrich Kühner, »Wahn und Untergang. 1933–1945« (1956).*

22 auf der Suche nach der verlorenen Zeit: *Anspielung auf den Titel des berühmten, 1913–1927 erschienenen Romans von Marcel Proust (1871–1922).*
»Kleine Spiele für große Leute« von Christine Brückner erschien 1956.

23 mein Erzählbändchen: *Otto Heinrich Kühner, »Dann kam die Stille. Erzählungen«, 1956.*

Menzel: *der dt. Maler Adolf Menzel (1815–1905).*

25 des Bertelsmann-Buches: *Christine Brückner, »Katharina und der Zaungast« (s. o.).*

»Nikolskoje«: *Roman von Otto Heinrich Kühner, 1953.*

Immermannpreis: *Für das Jahr 1956 erhielt Kühner bereits zum zweiten Mal (nach 1953) den Förderpreis zum Immermannpreis der Stadt Düsseldorf für seine Verdienste um das Hörspiel. Die Preisverleihung fand am 11. Mai 1957 statt.*

Risse: *Heinz Risse, dt. Schriftsteller (1898–1989).*

E.K.: *Eisernes Kreuz, Tapferkeitsauszeichnung in beiden Weltkriegen.*

28 *»Der Schein trügt nicht« erschien ebensowenig als Roman wie »Die Unbescholtenen«.*

29 V.H.: *Vermutlich die Volkshochschule Düsseldorf.*

Manuskript mit der Lyrik: *»Botschaften der Liebe in deutschen Gedichten des 20. Jahrhunderts«, hrsg. von Christine Brückner, 1960.*

30 Protokoll des Pilatus: *»Das Protokoll des Pilatus«, Hörspiel von Otto Heinrich Kühner, erschienen in: »Mein Zimmer grenzt an Babylon« (s. o.).*

Dickens: *der engl. Schriftsteller Charles Dickens (1812–1870).*

Sigbert Mohn: *Verlagsleiter bei Bertelsmann.*

32 *Der Brief verzeichnet in der Handschrift Christine Brückners die Datierung »III. 60«.*

neues Romanmanuskript: *Wahrscheinlich »Aschermittwoch«, erschienen 1962.*

34 »Ach, unsre Seelen …«: *zwei Zeilen aus dem Gedicht »Ein Mann gibt Auskunft« von Erich Kästner, das sich im Band »Botschaften der Liebe« (s. o.) findet.*

35 Dieses Drama: *Vermutlich die Komödie »Die Bürgerinnen von Calais«, die allerdings erst 1963 vom Kiepenheuer-Verlag aufgenommen wurde und bis heute auf ihre Uraufführung wartet. Abgedruckt in: »Die Bürgerinnen von Calais. Schauspiele/Hörspiele«, hrsg. von Walter Hinck, 1997.*

37 »Hier darf nur geflogen werden«: *Hörspiel von Christine Brückner, Erstsendung 1962, abgedruckt in: »Die Bürgerinnen von Calais« (s. o.).*

38 Christ u. Welt, C. & W.: *evang. Wochenzeitung, fusioniert 1980 mit dem »Rheinischen Merkur«.*

lilafarbene Abendkleid der Sagan im ›Marquardt‹: *Françoise Sagan, frz. Schriftstellerin (* 1935), veröffentlichte 1963 das Drama »Valentine« bzw. »La robe mauve de Valentine« (»Das lila Kleid von Valentine«); das »Marquardt« ist ein noch heute existierendes Theater in Stuttgart.*

40 Rüber und Lenz: *die mit Otto Heinrich Kühner befreundeten Schriftsteller Johannes Rüber (* 1928) und Hermann Lenz (1913–1998).*

Siegfried Lenz: *dt. Schriftsteller (* 1926).*

41 »Ischia«-Buch: *»Letztes Jahr auf Ischia«, Roman von Christine Brückner, 1964.*

42 »über die Schwierigkeiten, aus Kassel zu sein«: *Der Essay erschien in »Christ und Welt« unter dem Titel »Wir loben unsere ›kleine‹ Stadt. Kassel hat mehr zu bieten als nur die documenta«.*

ehemaligen Lektorin: *Prof. Dr. Sigrid Bauschinger (* 1934), heute Amherst/USA.*

46 Wies: *Wallfahrtskirche in Oberbayern.*

mit den Männern: *Wahrscheinlich die Schriftsteller Johannes Rüber und Hermann Lenz, mit denen Kühner regelmäßig wanderte.*

Puppenhaus: *das Wohnhaus Christine Brückners in der Kasseler Hans-Böckler-Straße.*

Nestroy: *Johann Nepomuk Nestroy, österr. Schriftsteller und Schauspieler (1801–1862).*

47 Fischer-Dieskau: *Dietrich Fischer-Dieskau, dt. Star-Bariton (* 1925).*

Ruth Leuwerick: *dt. Schauspielerin (* 1926).*

»Die Verläßlichkeit der Ereignisse«: *Titel einer Erzählsammlung von Otto Heinrich Kühner aus dem Jahr 1958.*

Schallplatte mit Klaus Kammer: *Die NDR-Produktion von Kühners Hörspiel »Die Übungspatrone« erschien 1962.*

52 Heinrich Kurz: *Literaturhistoriker (1805–1873).*

R.: *eine mit Otto Heinrich Kühner eng befreundete Krankenschwester aus Stuttgart.*

53 Günter Eich: *dt. Schriftsteller (1907–1972), der sein Hörspiel »Träume« 1953 produzierte.*

54 Luise Rinser: *dt. Schriftstellerin (1911–2002).*

Roman in Briefen: *Offensichtlich eine erste Idee zu Christine*

Brückners 1970 erschienenem Roman »Das glückliche Buch der a.p.«, der über weite Strecken den Briefwechsel mit Otto Heinrich Kühner verarbeitet.

Embryo: *Bei diesem ›gemeinsamen Kind‹ handelt es sich möglicherweise um ein zunächst als Koproduktion verfolgtes Schreibprojekt, das dann unter den Titeln »Lebenslauf eines Attentäters« und »Lebenslauf eines Ungeborenen« als Roman (1975, 1978) und Erzählung (1980) von Kühner veröffentlicht wurde.*

56 Vanitas: *die Vergänglichkeit.*

58 »ein Tröster wert in aller Not«: *Zitat aus dem Pfingstchoral »O heiliger Geist, o heiliger Gott« (1623).*

59 Geno Hartlaub ... Sommer auf dem Lande: *Die Schriftstellerin Geno Hartlaub (* 1915) war seit 1956 Redakteurin beim »Sonntagsblatt«, in dem 1966 Christine Brückners dokumentarische Erzählung »Badewannen als Tränke. Sommer auf einem Bauernhof« erschien.*

62 »Bockenburg«: *»Das Loch in der Jacke des Grafen Bock von Bockenburg«, Roman von Otto Heinrich Kühner, 1959.*

»Kokon«: *»Der Kokon«, Roman von Christine Brückner, 1966.*

69 Stinkefisch: *Es geht vermutlich um das Hörspiel »Der Haifisch und die Uhr« von Christine Brückner, Erstsendung 1967 im Süddeutschen Rundfunk, abgedruckt in: »Die Bürgerinnen von Calais« (s.o.).*

Nietzsche: *Friedrich Nietzsche, dt. Philosoph (1844–1900).*

Quasimodo: *ein(e) Nachbar(in) – Christine Brückner hatte die Eigenart, die Menschen ihrer Umgebung mit eigenwilligen Namen zu belegen.*

Stichnote: *Werner Eduard Stichnote war 1961–1971 Geschäftsführer des Ullstein Verlages.*

72 unter den Bücherregalen: *Die Arbeitszimmer von Christine Brückner und Otto Heinrich Kühner im Kasseler Wohnhaus sind nur durch zwei Bücherregale getrennt bzw. verbunden.*

73 Schlößchen Schönfeld: *in Kassel.*

74 Newö: *verballhornt für ›Neffe‹.*

Auguste Filser: *Christine Brückner schlüpft in die Rolle einer fiktiven Tante Kühners, die in ihrer Art dem Josef Filser und seinem »Briefwexel« nachempfunden ist, wie ihn Ludwig Thoma (1867–1921) erdichtet hat (erschienen 1909 u. 1912).*

91 *Otto Heinrich Kühner schreibt an seine Frau nach Herstelle an der Weser.*

Willy Brandt: *Journalist, SPD-Politiker (1913–1992), u.a. Bundeskanzler von 1969 bis 1974.*

Nowottny: *Friedrich Nowottny (* 1929), Leiter des Fernsehstudios, später Intendant des WDR.*

93 Kloster: *Benediktinerinnen-Kloster »Vom Heiligen Kreuz« in Herstelle.*

94 Horen, Offizium, Laudes: *»Horen« bezeichnet das Stundengebet nach bestimmten Tageszeiten, wie z.B. die »Laudes« (das Morgenlob). Das »Officium« meint das liturgische Amt bzw. den Gottesdienst.*

Jünger Johannes: *der mit dem Ehepaar befreundete Schriftsteller Johannes Rüber. Da jünger als Christine Brückner, nämlich Jg. 1928, erhielt er von ihr den Namen »Jünger Johannes«.*

96 *Otto Heinrich Kühner befindet sich zum Recherchieren und Schreiben im Harz.*

Roswitha: *Roswitha von Gandersheim, dt. Dichterin des Mittelalters (um 935–973).*

Wilhelm Busch: *dt. Maler, Zeichner und Dichter (1832–1908).*

97 Stefan Zweig: *dt. Schriftsteller (1881–1942).*

100 Recreation: *Im Klosterleben das gemeinsame Nachtmahl, bei dem traditionell auch vorgelesen wird.*

»Bella Vista«: *Erzählband von Christine Brückner, erschienen 1963, darin die Erzählungen »Barbara Gumbinger« und »Die Heimkehr des jungen Ladarge«.*

»a.p.«: *»Das glückliche Buch der a.p.« (s.o.).*

nach Nieste: *an die Freunde Kurt Hübner und Marlene Müller.*

Leber: *der SPD-Politiker Georg Leber (* 1920), von 1966–72 Bundesverkehrsminister.*

101 »Pastorale«: *»Pastorale 67«, Hörspiel von O. H. Kühner, erschienen 1968.*

102 »Christ ist erstanden«: *mittelalterlicher Choral des Kirchengesangbuchs.*

21. März 1972: *An diesem Tag verunglückte das Paar in einem von Otto Heinrich Kühner gelenkten Wagen. Christine Brückner wurde dabei schwer verletzt. Vgl. auch ihre Erzählung »Totalschaden« in den »Überlebensgeschichten«, 1973.*

104 Werner Brückner: *Mit Werner Brückner (1920–1977) war Christine Brückner von 1948–58 verheiratet. Er wurde in seinen letzten Lebensjahren tatsächlich ein Freund Kühners.*

105 *Christine Brückner schreibt aus Wildbad, wo sie in einer Rehaklinik die Folgen des Unfalls behandeln läßt, an Kühner in Goslar.*

Petersilienstraße: *Kühner logiert offenbar in der Goslarer Petersilienstraße.*

H.A.: *Vermutlich die Tageszeitung »Hessische Allgemeine«.*

106 Wehner: *der KPD- und SPD-Politiker Herbert Wehner (1906–1990).*

K.K.: *der Freund Kurt Hübner.*

108 Fontane: *Theodor Fontane, dt. Schriftsteller (1819–1898).*

Wohmann: *Gabriele Wohmann, dt. Schriftstellerin (* 1932).*

111 Ehmke: *Horst Ehmke, SPD-Politiker (* 1927), von 1972–1974 Bundesminister für Forschung und Technologie sowie für das Post- und Fernmeldewesen.*

in diesem ganzen Roman: *Christine Brückner arbeitet am ersten Band der Poenichen-Trilogie, »Jauche und Levkojen«, erschienen 1975.*

112 Solschenizin: *Alexander Solschenizyn, russ. Schriftsteller und Dissident (* 1918).*

Hochhuths Lysistrate: *Die Komödie »Lysistrate und die Nato« (1973) von Rolf Hochhuth (* 1931) verarbeitet wie Christine Brückners Komödie »Die Bürgerinnen von Calais« (1963) den Lysistrate-Stoff.*

Christa Wolf: *dt. Schriftstellerin (* 1929), schrieb gemeinsam mit ihrem Mann Gerhard Wolf die Erzählung »Till Eulenspiegel« (1974). Otto Heinrich Kühner trug sich offenbar schon zu dieser Zeit mit dem Gedanken an einen Eulenspiegel-Roman, der dann knapp 20 Jahre später erscheinen sollte (»Mein Eulenspiegel. Neue Historien«, 1991).*

TTT: *die Fernseh-Kultursendung »Titel Thesen Temperamente«.*

114 »... ohne den zu überleben«: *Genau heißt es in dem Text »Meine Biographie«, abgedruckt im Aufzeichnungsbuch »Mein schwarzes Sofa« (1981): »... fort aus diesem Garten, / schweren Herzens, / ohne Ballast, / aber mit dem zur Seite, ohne den / zu überleben sich nicht lohnen würde.«*

116 Hofmannsthal: *Hugo von Hofmannsthal, österr. Schriftsteller (1874–1929). Der Malvasier ist möglicherweise eine Anspielung auf Hofmannsthals Vorliebe für den Mittelmeerraum.*
Lewan: *der Freund und Schriftsteller Herbert Lewandowski (1896–1996).*
die treue Auguste: *die Waschmaschine im Wohnhaus.*
118 in deutscher Schrift: *Bis auf die ganz frühen Briefe sind alle Briefe Kühners handschriftlich und bis zur Mitte der 70er Jahre vor allem in deutscher Schrift verfaßt.*
Maximiliane: *Maximiliane von Quindt, Protagonistin der Poenichen-Romane Christine Brückners.*
Eyckel: *Burg Eyckel, fiktiver Stammsitz der großen Quind(t)-Familie.*
zweiten Band: *der Roman »Nirgendwo ist Poenichen«, erschienen 1977.*
Maler-Kapitel: *Damit ist ein Kapitel in »Nirgendwo ist Poenichen« gemeint, das von Maximilianes Zeit in Paris und ihrer Beziehung zu einem Kunst-Maler handelt.*
120 Frl. Jakobson: *Dr. Renate Jakobson (* 1943), langjährige Lektorin Christine Brückners.*
122 *Christine Brückner hält sich in München auf, bei ihrer Schwester Ursula (Dr. Ursula Schwinge, geb. Emde, * 1918).*
der Nestroy: *Die Posse »Einen Jux will er sich machen« von Johann Nepomuk Nestroy kam im Mai 1977 am Schauspielhaus des Kasseler Staatstheaters zur Aufführung.*
Marlene: *die Freundin Marlene Müller.*
Bavaria: *Die Bavaria Filmstudios produzierten für den WDR die Vorabendserien »Jauche und Levkojen« und »Nirgendwo ist Poenichen«.*
123 Münter-Ausstellung: *Die Malerin Gabriele Münter (1877–1962) war Mitglied des Blauen Reiters und langjährige Lebensgefährtin von Wassily Kandinsky.*
124 K.K.-Wein: *Wein des Freundes Kurt Hübner.*
Guernica-Artikel: *Otto Heinrich Kühner, »Der Aufschrei von Guernica. Zu Pablo Picassos ›Guernica‹«, 1977.*
125 Frankfurter Straße: *in Kassel.*
Claudia Sandner-v. Dehn: *Literatur- und Theaterredakteurin der »Hessischen Allgemeinen«.*

126 »Eulenspiegel«: *Otto Heinrich Kühners langgehegtes Roman-Projekt »Mein Eulenspiegel« (s. o.).*

128 Lorettokapellchen: *in Oberstdorf.*

HNA: *die in Kassel erscheinende »Hessische/Niedersächsische Allgemeine«.*

Wilhelm Schulze: *Der Bruder von Christine Brückners Mutter hatte ein Gut in Zuchow, Pommern. Die Aufenthalte dort, z. B. nachdem die Familie 1943 in Kassel ausgebombt worden war, lieferten Eindrücke, die später in den ja auch wirtschaftlich so erfolgreichen Poenichen-Romanen verarbeitet wurden.*

130 *Christine Brückner schreibt ihrem Mann im Mai 1978 ins Krankenhaus.*

131 *Kühner schreibt den Brief, nachdem seine Frau am 14. 1. 1980 in der ARD-Sendung »Autor-Scooter« von Prof. Dr. Peter Wapnewski (* 1922) angegriffen und als Autorin von ›Trivialliteratur‹ abgetan worden war.*

Dr. Schwitzke: *Dr. Heinz Schwitzke, Dramaturg und Hörspielforscher (1908–1991).*

133 Zauberberg: *»Der Zauberberg«, Roman von Thomas Mann (1875–1955), erschienen 1924.*

meiner monoklinen Person: *Christine Brückner schreibt an ihrem Roman »Das eine sein, das andere lieben«, erschienen 1981. Der Roman, in dessen Zentrum eine androgyne Figur steht, sollte zunächst den Titel »Die Person« tragen.*

135 *Der Brief ist auf der Rückseite einer Kopie geschrieben, die einen Artikel Christine Brückners in den »Lübecker Nachrichten« mit Bild der Autorin reproduziert.*

Elektra: *Christine Brückners Schreibmaschine, von ihr »Elektra« genannt, weil sie elektrisch lief.*

Neuberin: *die Freundin Irene Neuber in Krefeld.*

PIA: *Prof. Dr. Hans Werner Pia (1921–1986), Direktor der Neurochirurgie der Universitätsklinik Gießen, hatte Kühners Hirntumor operiert.*

Unsere Kleine: *die Freundin und ›Wahltochter‹ Heide Sauer (* 1945) aus Gießen, Malerin, Mutter von vier Kindern, darunter Johanna (Hanna), Christine Brückners Patenkind.*

a.p.: *Protagonistin von Christine Brückners Briefroman »Das glückliche Buch der a.p.« (s. o.).*

136 »Eulenspiegel«: *Otto Heinrich Kühners Roman »Mein Eulenspiegel« (s. o.).*
»Die letzte Strophe«: *Roman von Christine Brückner, erschienen 1989.*
138 *Der Brief entstand am Vorabend einer weiteren Operation an Kühners Gehirn.*
139 »Man halte nur ein wenig stille / und sei nur in sich selbst vergnügt«: *Zitiert zwei Verse des Chorals »Wer nur den lieben Gott läßt walten« von Georg Neumark (1621–1681), richtig heißt es: »Man halte nur ein wenig stille / und sei doch in sich selbst vergnügt.«*
auf dem Bild: *Dem Brief beigefügt ist das auf S. 84 unten gezeigte Bild.*
C 11 N: *Krankenhausstation.*
140 Meinen eigenen Tod: *Die verzweifelte Notiz entstand kurz nach Otto Heinrich Kühners letzter Kopfoperation.*
141 Florian: *Ulrich, genannt Florian (* 1955), Kühners Sohn aus erster Ehe.*
Es vergeht kein Stund in der Nacht, da nicht mein Herz erwacht: *zwei Zeilen aus dem Volkslied »Wenn ich ein Vöglein wär'«.*
Westend: *die Reha-Klinik in Bad Wildungen, in der Kühner sich mühsam von seiner letzten Kopfoperation erholte.*
Quint-Essenzen und Maximen: *Aussprüche des alten Quindt, Romanfigur in »Jauche und Levkojen«, und weitere Formulierungen aus den Poenichen-Romanen.*
St. Martin: *in Kassel.*
Dr. Schaefer: *Dr. Hans Joachim Schaefer (* 1923), langjähriger Chefdramaturg am Kasseler Staatstheater.*
Frau Hartleb: *Anneliese Hartleb (* 1921), Journalistin und langjährige Vorsitzende der Kasseler Goethe-Gesellschaft.*
das Lächeln zum Weiterreichen: *Gedicht von Otto Heinrich Kühner (»Ein Lächeln zum Weiterreichen«).*
143 Markuskirche: *im Kasseler Stadtteil »Auefeld«, in dem sich auch das Wohnhaus der Autoren befindet.*
Ullrich: *Christian Ullrich (* 1942), Pfarrer an der Kasseler Markuskirche, deren Umbau Christine Brückner großzügig gefördert hat.*

Schlößchen: *das Schlößchen Schönfeld in Kassel.*

144 *Diese Zeile vom 20. 5. 96 ist das letzte vorhandene Schriftzeugnis Otto Heinrich Kühners, mit großer Mühe handschriftlich verfaßt.*

145 Martina: *die Freundin Irene Martin in Singen.*

›Bäume-haben-immer-recht-Plakat‹: *die Reproduktion eines Gemäldes von Otto Heinrich Kühner.*

der hochgelobte Friedrich: *der enge Freund Propst Friedrich Seitz (* 1926).*

›Bücherschiff‹: *Buchhandlung in Konstanz.*

Preisendanz: *der Literaturwissenschaftler Prof. Dr. Wolfgang Preisendanz (* 1920).*